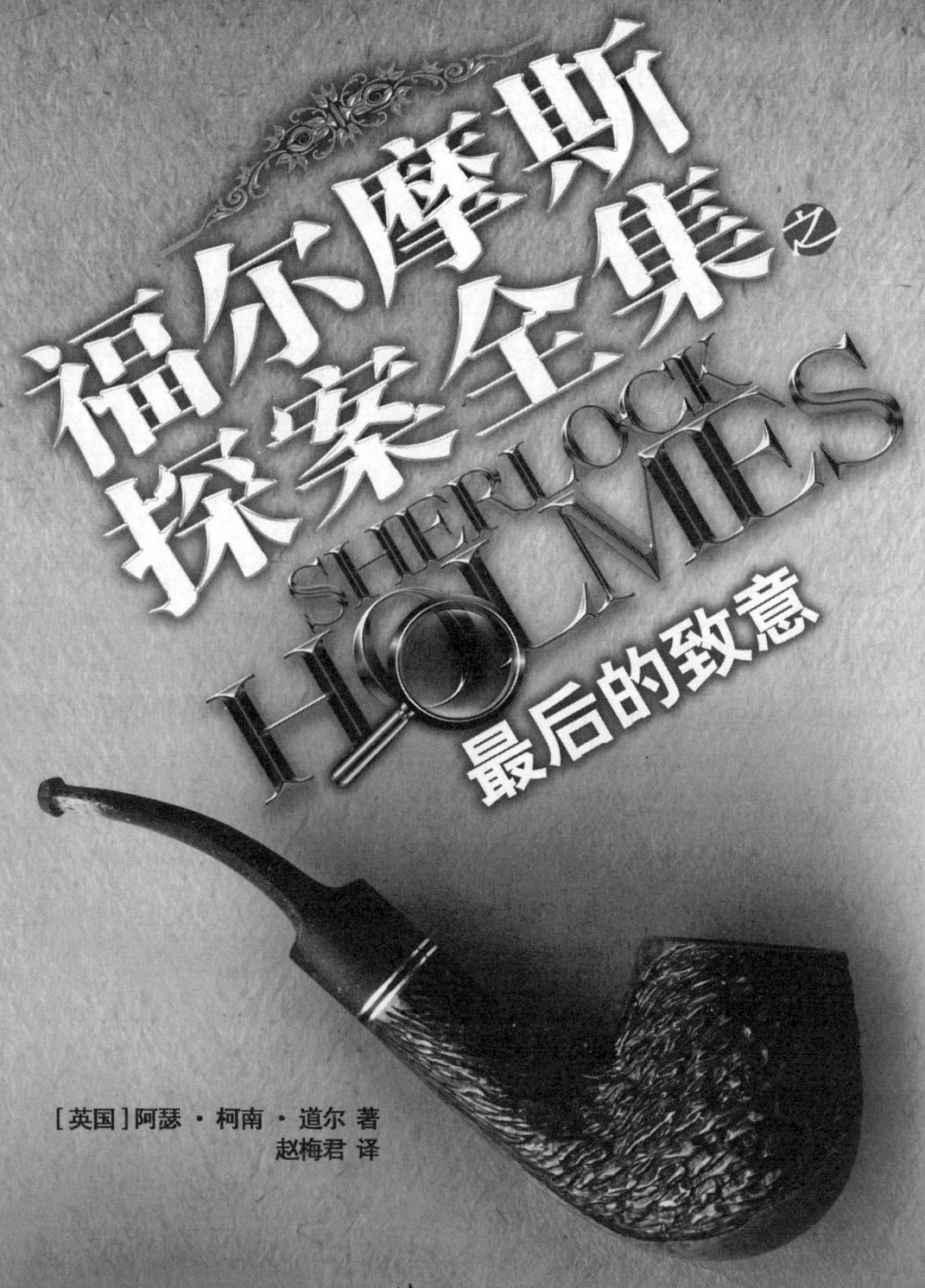

福尔摩斯全集之
SHERLOCK HOLMES
最后的致意

［英国］阿瑟·柯南·道尔 著
赵梅君 译

华夏出版社
HUAXIA PUBLISHING HOUSE

图书在版编目（CIP）数据

最后的致意/（英）柯南道尔（Conan Doyle, A.）著；赵梅君译. —2版. —北京：华夏出版社，2012.9
（福尔摩斯探案全集）
ISBN 978-7-5080-7084-1

Ⅰ.①最… Ⅱ.①柯… ②赵… Ⅲ.①侦探小说-小说集-英国-现代 Ⅳ.①I561.45

中国版本图书馆 CIP 数据核字（2012）第 148299 号

福尔摩斯探案全集之最后的致意

选题策划	刘景立　北京宏昊文化发展有限公司	
责任编辑	赵　楠　刘晓冰　李春燕	

出版发行	华夏出版社
经　　销	新华书店
印　　刷	北京睿特印刷厂大兴一分厂
装　　订	北京睿特印刷厂大兴一分厂
版　　次	2012 年 9 月北京第 2 版　2012 年 9 月北京第 1 次印刷
开　　本	670×970　1/16 开
印　　张	13
字　　数	168 千字
定　　价	20.00 元

华夏出版社　网址：www.hxph.com.cn　地址：北京市东直门外香河园北里 4 号　邮编：100028
若发现本版图书如有印装质量问题，请与我社营销中心联系调换。电话：(010) 64663331（转）

目 录

最后的致意

华生告读者 …………………………………… (3)
威斯特里亚寓所 ……………………………… (4)
硬纸盒 ………………………………………… (38)
红圈会 ………………………………………… (62)
布鲁斯帕廷顿计划 …………………………… (84)
临终的侦探 …………………………………… (118)
弗朗西丝女士的失踪 ………………………… (135)
恶魔之足 ……………………………………… (157)
最后的致意 …………………………………… (185)

最后的致意
ZUIHOUDEZHIYI

华生告读者

歇洛克·福尔摩斯先生的朋友们，你们可以欣慰地得知，虽然风湿病的侵袭使他看起来有点跛，但他仍健在。长期以来，他一直居住在一处距伊斯特本五英里外的草原农场里，在那里潜心研究哲学和农艺学。此间，他谢绝了很多案件，尽管报酬相当优厚。他决定从此退休。可是，由于德国人的突袭，为报效国家，他又开始将睿智和实际相结合，并因工作得极其出色而获得《最后的致意》中所载入的历史性成就。以前长期存放在我过去的记录中的几件案子也被收入了《最后的致意》之中，这样就使它们得以编辑成集并出版。

医学博士
约翰·H. 华生

威斯特里亚寓所

翻开我的日记,我看见这样一段话:在一八九二年三月底的一个寒风刺骨的日子,我们正在吃午饭,福尔摩斯接到一份电报,他一言不发地立刻回了电。然后,他心事重重地站在炉火边,一边抽着烟,一边还不停地看着那份电报。突然,他转过身来,瞳孔里显现出诡秘的光,望着我说:"华生,我把你当做一位文学家,你能解释一下'怪诞'这个词的词意吗?"我回答说:"奇怪——不正常。"

他摇着头否定了我的话:"我认为还应有更多更深层的含义。"他接着说,"它还包含着悲惨和可怕的意思。假如你想想过去那些长期令读者头疼的文章,你就会感到'怪诞'这一词更深一层的意思就是犯罪。现在回想起'红发会'和'五个橘核'这两件事,开始都很怪诞,结果一个是企图抢劫,另一个直接引发了一场人命案。因此,对于'怪诞'一词我是特别地警觉。"

这时,我猜到了那份电报的内容,便问:"电报里也提到'怪诞'这个词了吧?"于是他大声朗读起电文来:

适逢令人难以置信的怪诞之事,是否可以向你请教?

斯考特·艾考斯

查林十字街邮局

我问道:"是先生还是女士?"

"如果是女士她会直接来的,还会浪费电报费拍来电报吗?"

"你准备见他吗?"

"我亲爱的华生,自从我羁押了卡鲁塞斯上校,我的心情一直不好。我的大脑像一部做无用功的发动机,由于没有产品可制造而散成碎片。生活如此平淡,报刊乏味无新,勇敢和浪漫已远离了这个充满了罪恶的世界。你可能会问我是否预备着手研究新情况。然而现在,如果我没有猜错的话,我们的当事人已经到了。"

随着楼梯上传来的脚步声,一个魁梧、胡须花白、令人肃然起敬的先生进了房间。无论是从他的穿戴上还是沉痛的表情中,都可以猜到他那不凡的身世。而且给人的印象是,他是一个像保守党人、教士那样的地道的守旧派。然而,此时他似乎被刚刚发生的什么事搞得有些神情慌张,他毫不掩饰地谈起他遇到的事情。

"我碰见了一件比较奇怪和令人厌烦的事。"他愤愤不平地说,"这是我生平从未有过的、最不成体统的、最难以容忍的遭遇。我十分希望能得到你们的指教。"福尔摩斯用安慰的语调说:"请坐下,斯考特·艾考斯先生,我可否先问一下,你为什么想到来找我?"

"唔,先生,表面看来,这件事和警局搭不上边。然而,当你听我讲完这件事,你一定会认为:这件事不能不管。我对私人侦探本来并不怎么感兴趣,但是,您的大名我却仰慕已久了。"

"可是,你为什么不在事情发生时马上就来呢?""你这是什么意思,福尔摩斯先生?"福尔摩斯看了一下表,对他说:"现在是两点过一刻,你是在一点钟左右发出的电报。不过,你这副没有梳妆

最后的致意

整理的样子，谁都会看出你是在一醒来时就遇到麻烦的。"

这位先生用手摸摸没有梳理的头发和没有刮过的胡须："你说得太对了，福尔摩斯先生，我根本没顾上梳洗，对我来说离开那房子是求之不得的。来这儿之前我到处打听，连房产管理员都说威斯特里亚寓所一切正常，加里亚先生的房租早已付清了。"

"喂，喂，先生，"福尔摩斯笑着说道，"你真像我的朋友华生医生，他有一个坏习惯，老是一开头就让人不知所以。请您重新组织一下思路，然后告诉我们究竟发生了什么事，使您衣冠不整地出来寻求帮助。"我们的当事人忧愁满面地低头看了一看自己颇不寻常的外表。

"我这模样一定很不雅观，福尔摩斯先生。但是我不敢相信，在一生之中我居然会遇到这种事情，我敢保证听完我的叙述你就不会对我的所作所为感到惊讶了。"但是，他的叙述刚一开始就被打断了。屋外一阵喧哗，哈德森太太打开门，进来两位官员模样、体格健壮的人，其中之一是苏格兰场的葛莱森警长。他气宇轩昂，在他的业务圈子里以精力充沛而著称。他先是同福尔摩斯握了握手，然后把他的同事——萨里警察厅的贝尼斯警长介绍给我们。

"福尔摩斯先生，我们两个人在跟踪这个人，结果跟到了你这个地方。"他那双大眼睛盯着我们的客人，"你是里街波汉公馆的约翰·斯考特·艾考斯先生吧？"

"对。"

"我们今天跟了你一上午啦。"

"显然，你们是因为他拍的电报才跟踪他的。"福尔摩斯说。

"一点也不差,福尔摩斯先生。我们在查林十字街邮局找到了线索,一直跟到这儿。"

"你们凭什么跟踪我?你们想干什么?"

"斯考特·艾考斯先生,我们想请你就昨天在厄榭附近威斯特里亚寓所的阿拉苏斯·加西亚先生之死做出解释。"

我们的当事人警觉起来,瞪着双眼,脸因为慌张而变得毫无血色。

"死了?你是说他死了?"

"是的,先生,他死了。"

"怎么死了?出了事故了吗?"

"谋杀,如果确定的话。"

"天哪!多么可怕!你该不是说——你该不是怀疑我同这件事有关吧?"

"在死人的口袋里发现了你的一封信,从中我们了解到你曾经准备昨天晚上在他家里过夜。"

"是的。"

"哦,你在那儿过夜了吗?"

他们拿出了公事记录本。"等一下,葛莱森,"歇洛克·福尔摩斯说道,"你们所要的就是一份十分准确的供词,对不对?""我有责任提醒斯考特·艾考斯先生,这份供词可以用来给他定罪。""艾考斯先生正准备把这件事讲给我们听,你们就来了。华生,我想喝一杯苏打白兰地对他会有所帮助吧。先生,现在这里多了两位听众,我建议继续讲下去,不必介意有人打断过你。"我们的来客把白兰地

最后的致意

一饮而尽,脸上恢复了常态。他面露惶惑地看了一下警长的记录本,随即开始了他那极不平常的叙述。

"我是个单身汉,"他说,"因为喜欢社交,结识了许多朋友。其中有一个住在肯辛顿的阿伯玛尔大楼叫麦尔维的休业酿酒商,在他家用餐时我结识了一个叫加西亚的年轻人,我知道他具有西班牙血统,能讲一口极其地道的英语,同大使馆有些关系。他是个讨人喜欢的英俊男子。这个年轻小伙子和我十分投缘,他好像一开始就很喜欢我。在我们相识后的第二天,他来看望我。这样一次又一次,最后他邀我到他家去住几天。他的家就在厄榭和奥克斯肖特之间的威斯特里亚寓所,昨天晚上我就应邀前往了。

"在此之前,他曾经对我谈起过他家里的情况。他有一个忠实的仆人,也是西班牙人,替他照料一切。这个人会说英语,为他管家。他还有一个能够做一手好菜的混血厨师,是他在旅途中认识的。我记得他谈论过在萨里的中心能找到这么一个住处是多么奇怪。我同意他的看法,虽然事实已经证明,它比我想象的不知要奇怪多少倍。

"我驱车来到寓所——它距厄榭南面约两英里。房子背道而立,前面有一条曲折的车道,两旁是高高的常青灌木丛,这是一所高大、年久失修的旧房子,外表破烂。当马车来到那久经风雨侵蚀的大门前,停在杂草丛生的车道上时,我曾非常犹豫,考虑是否应该拜访这样一个我知之甚少的人。他亲自打开门,非常热情地对我的到来表示了欢迎。一个神情忧郁、面孔黝黑的男仆替我拿着皮包,把我引到为我准备的卧室。整个屋子都令人感到郁闷。我们面对面地坐

着进餐。加西亚虽然尽力殷勤款待，但我看出他的神情好像一直恍恍惚惚的，说话也十分含糊，乱七八糟的，不知他要说什么。他显得心神不安，时而用手敲打桌子，时而用嘴咬指甲，还有其他一些小动作。那顿饭菜做得并不好，令人倒胃口，照料也欠周到，再加上仆人的寡言和阴沉的脸色，实在让我非常不舒服，我真想找个借口离开那里，我敢保证。我想起来了，有一件事也许对两位先生的工作有所帮助。当时，我一点儿也没在意。快吃完晚饭的时候，仆人送来一张便条。我观察到，我的主人看过便条后，好像比刚才更加心不在焉，更加古怪了。他不再装模作样地跟我交谈，而是坐在那里不住地抽烟，陷入沉思。但是便条上写的什么，他没有告诉我。好在到十一点钟左右，我就去睡觉了。不大一会儿，加西亚向门里探头看我，问我是不是按过铃，我说没有。当时房间很黑。他先表示了歉意，说不该在这么晚的时候还来打扰我，然后说已经快凌晨一点钟了。后来，我睡着了，一觉睡到天明。

"现在，我要讲到我这番奇特遭遇中最令人惊奇的地方了。我醒来时，天已大亮，一看表，快到九点钟了。我曾告诉过他们在八点钟叫醒我，我奇怪他们怎么会忘了。我从床上跳起来，按铃叫仆人，没有人答应。我又按了几下铃，还是没有人答应。我想，肯定是铃出了毛病。我气呼呼地穿上衣服，下楼去叫人送热水来。但楼下居然一个人影都没有，可以想象我当时有多奇怪。我在大厅里叫喊，没有人回答，又从一个房间找到另一个房间，都空无一人。加西亚在昨天晚上把他的卧室指给我看过，于是我去敲他的房门，但没有人回答。我转动把手进了房间，里面什么人也没有，床上一丝不乱，

最后的致意

证明没有人在那儿睡过。他以及所有其他的人都不见了。外国主人，外国仆人，外国厨师，一夜之间都全无踪迹啦！我到威斯特里亚寓所的这次拜访就此结束。"

歇洛克·福尔摩斯一边搓着双手"咯咯"直笑，一边把这件怪事写进他那记满各种奇闻怪事的手册之中。"你的经历真是前所未闻，"他说，"先生，你能否告诉我，你后来又干了些什么？"

"我非常气愤，起初想我成为被捉弄的对象了。我收拾好自己的东西，砰的一声关上大门，提着皮包就到厄榭去了。我发现那个寓所是从这个商号租出的，于是就去镇上找到了这家主要地产经纪商。因为我意识到这件事不可能仅是为了把我愚弄一番，可能为了逃租，别忘了现在正逢三月末，结账日快到了。管理人对我的提醒表示了谢意后告诉我，租费早已付清，结果逃租的说法并不成立。后来，我进城走访西班牙大使馆，那儿也不知道这个人。然后，我又去找麦尔维，因为就是在他家里看见加西亚的，可是我发现他对于加西亚的了解还不如我知道的多。再后来，我收到你给我的回电，就来找你这个善于解决难题的人了。不过现在，警长先生，从你进屋时说的话来看，我知道又发生什么悲剧了。这可以由你接着往下说了。我可以向你保证，我说的每一个字都是真实的，而且除了我已经告诉你的以外，有关这个人的死，我是绝对一无所知的，尽力为法律效劳是我唯一的愿望。"

"我相信，斯考特·艾考斯先生——这个我相信，"葛莱森警长以友好的口气说道，"应该说，你讲的各种事实，同我们所掌握的完全吻合。比方说，晚饭时他收到了一张便条，你知道这便条后来怎

么样了吗?""我看到加西亚把它揉成一团扔到火里了。"

"您有何见解,贝尼斯先生?"这位乡镇侦探是一个肥胖粗壮、红棕皮肤的汉子。藏在布满皱纹的面颊和额头之间的是一双炯炯有神的眼睛,这使他那张脸显得不那么难看了。他从口袋里掏出一张纸片,那纸片被折叠过,已经变了色。他说:"福尔摩斯先生,因为炉子外面有炉栅,加上死者扔过了头,使我在炉子后面找到这片未被烧过的纸片。"福尔摩斯微笑着表示欣赏。

"你一定是把那房子的各个角落都仔细查找了一遍,才把这么一个小小的纸团找到的。""是的,福尔摩斯先生,我一贯如此。我可以把它读出来吗,葛莱森先生?"葛莱森表示同意。

"这个便条是用我们常见的米色直纹纸写的,没有水印,是用短刃剪刀分两下剪下的一页纸的四分之一,折了三次以上,用某种平整的椭圆形的东西在紫色蜡的封口上匆匆压盖过,是写给威斯特里亚公寓的加西亚先生的,上面这么写着:

　　属于我们自己的颜色,绿色和白色。绿色开,白色关。
主楼梯,第一过道,右边第七,绿色粗呢。祝顺利。D.

这像是女人的笔迹,而且笔头尖细。可是地址却是用另一支钢笔写的,再不就是另外一个人写的,笔迹粗大得多。你看。"

"一张非常奇特的条子,"福尔摩斯匆匆看了一下,"我真佩服你,贝尼斯先生,你在检查这张便条时注意了很多细节。我也许可以补充一点儿细枝末节,椭圆形的封印,毫无疑问是一颗平面的袖

最后的致意

扣——不会有别的什么东西是这种形状了！剪刀是折叠式指甲刀。所剪的两刀距离虽然很短，但仍可以清晰地看见，在两处剪开的地方同样都显现有折痕。"

这位乡镇侦探嘻嘻笑了起来。"我还以为已经什么都明白了，现在才知道还是漏掉了一些东西。"他说，"应当说，我并没有很重视这个条子，我只知道他们要搞点什么名堂，而且这件事要牵扯到一个女人。"当我们谈话时，斯考特·艾考斯先生坐在那里心神不安。

"我很高兴，你找到这张便条，因为它证明了我所讲的事情，"他说，"可加西亚先生和他家里到底发生了什么事，我还不知道呢。""说到加西亚嘛，"葛莱森说，"这容易说，今天早晨他在离他家大约一英里的奥克斯肖特空地上被发现了，他的头被沙袋或类似重物打成肉酱。那地方很偏僻，四分之一英里之内鲜有人烟。显而易见，有人从后面将他打倒，甚至在打死后又打了很久。这是一次狂暴的凶杀，案犯未留下任何蛛丝马迹。"

"也许是抢劫而后行凶吧？""没有，没有抢劫的迹象。""真是悲惨至极，"斯考特·艾考斯先生愤愤不平地说，"不过，这对我太不公平了。他深夜外出，落得如此悲惨的下场，这和我一点关系也没有，我为什么会卷进了这个案件呢？""很简单，先生，"贝尼斯警长回答说，"从死者身上唯一发现的就是你的回信，内容是将在他家过夜，而他在该晚死于非命，我们由这封信才得知死者的姓名和地址。今晨九点以后赶到他家，房间空无一人。我一面电告葛莱森先生在伦敦找寻你，一面检查威斯特里亚寓所。后来我进了城，会合葛莱森先生一同来到这儿。"

"现在我想,"葛莱森先生说着站了起来,"最好是公事公办。斯考特·艾考斯先生,你得跟我去一趟警局,把你的供词写出来。""当然可以,我可以现在就跟你们走。可是,福尔摩斯先生,我仍然请你代为出力,我热切盼望你能够不惜心血和花费,弄清事实的真相。"福尔摩斯转过身对着那位乡村侦探,"你不反对我们合作吧,贝尼斯先生?""当然不会,先生,我感到十分荣幸。"

"看来,你做事敏捷而有条理,不过,我想问问在死者遇害的确切时间的问题上你有线索吗?""一点钟以后他一直在那里,当时下着雨。他肯定是在下雨之前死的。"

"但是,这根本不可能,贝尼斯先生,"我们的当事人喊了起来,"我敢发誓不会听错他的声音,就在那个时间,他正在我卧室里同我讲话。""是令人奇怪,但也并非完全不可能。"福尔摩斯微笑着说道。"你有线索啦?"葛莱森问道。"从表面上看案情似乎很简单,尽管它有些新奇有趣。在我斗胆发表最后意见之前,我必须对情况进行更进一步的了解。哦,对了,贝尼斯先生,你在检查房子的时候,除了这张便条之外,还发现什么别的令人感到可疑的东西没有?"这位侦探以一种感到惊讶的神情看着我的朋友。

"有,"他说,"还有一两样非常可疑的东西。等我在警察局办完了事,会让你见到这些东西并发表高见的。""很好,"福尔摩斯说着按了一下铃,"哈德森太太,请送这几位先生出去,麻烦你把这封电报交给听差发走,叫他先付五先令的回电费。"几位来客离去后,我们在沉默中坐了一会儿。福尔摩斯使劲抽着烟,那双锐利的眼睛上面双眉紧锁。他的头伸向前方,显示出他独特的专心致志的

神情。

"唔,华生,"他突然转身问我,"你持什么观点?""我对斯考特·艾考斯先生的故弄玄虚还搞不清楚。""那么,罪行呢?""喔,从那个人的同伴都失去踪迹这一点来看,他们很可能是合伙谋杀,然后逃之夭夭。""这个观点当然可以成立。但是从表面上看,你不得不承认,这是一件奇怪的事。为什么他的两个仆人合伙害他,偏偏选在有客人的晚上,除了这一天他都是单独一个,他们完全可以为所欲为。""他们为什么逃走呢?"

"是啊。他们为什么逃走呢?这里面大有文章。另一个重要情况就是我们的当事人斯考特·艾考斯的那一段离奇经历。现在,亲爱的华生,要对这两种情况做出解释,可真是不大容易。如果真的能做出一种解释,而且同时也能解释那张稀奇古怪的匿名便条,那么不妨把这种解释看做一种假设。假如我们能掌握更多的情况来证明这是场阴谋,我们的假设就会逐渐成为明确的答案了。""可是我们的假设是什么呢?"福尔摩斯仰身靠在椅背上,眼睛半睁半闭。"你必须接受,亲爱的华生,有关恶作剧的看法是不能成立的。正如结局所示,事态严重。把斯考特·艾考斯哄骗到威斯特里亚寓所去和这件事有些联系。"

"是什么联系呢?""让我们按步骤地来研究一下。这个年轻的西班牙人和斯考特·艾考斯之间突如其来的奇怪友谊其实很有些蹊跷,那西班牙人显然在刻意接近他。就在他首次认识艾考斯后极短的时间内,他就立即赶到伦敦的另一方向去拜访艾考斯,而且令人匪夷所思地同他保持着密切的往来,最后竟把他请到居所去。那么,

他需要艾考斯做什么呢？艾考斯又能为他做什么呢？我没观察出艾考斯这个人有什么特别的魅力。他并不特别聪明——不可能同一个机智的拉丁族人气味相投。那么，加西亚为什么在他认识的人当中偏偏选中了他？是什么特别适合他的需要呢？他有什么特别之处吗？我敢肯定他有，因为他是一个传统而又体面的英国人，是一个令任何一个英国人信任的最好人证。你已经亲眼看到，两位警长都不曾想到对他的供词提出疑问，尽管他的叙述是非常不寻常的。"

"可是，要他见证什么呢？""事已至此，他见证不了什么。但是，如果是另外一种情况，他就可以证明一切。这就是我对这件事的观点。""我明白了，这样他就可以做不在现场的证明了。"

"一点儿不错，亲爱的华生，他可能就是需要人证明他当时不在现场。为了更好地进行讨论，我们不妨设想威斯特里亚寓所的那一家人是在一起谋划某个阴谋。不管其企图如何，我们可以假定他们需要在一点钟前出去办事，就在时钟上动了手脚。很可能是这样：他们让艾考斯去睡觉的时间比艾考斯认为的时间要早些。很有可能，当加西亚走进艾考斯的卧室告诉他现在是一点钟的时候，实际上可能还没有过十二点钟。如果加西亚能够在预定的时间内干完想干的事情并回到自己房里，那么，他显然对任何控告都能做出强有力的反驳。我们这位体面的英国人则可以在任何法庭上发誓说被告一直是呆在房间里的。这是应对最糟糕局面的一张王牌。"

"我明白了。可是另外几个人也同时失踪了，又怎么解释呢？"

"我还没有掌握全部事实，不过我不认为有什么难以克服的困难。然而，单凭当前有限的线索来争论，那是不应该的。那样你会

最后的致意

不知不觉地摆弄材料，以求自圆其说。"

"那封信又怎么解释呢？""信上是如何说的？'属于我们自己的颜色，绿色和白色。'听起来很像赛马的事。'绿色开，白色关。'这显而易见是信号。'主楼梯，第一过道，右边第七，绿色粗呢。'这是约会的地点，没准我们会在这件事的结尾遇到一个吃醋的丈夫呢。很显然，这是一次不安全的行动，否则，她就不会说'祝顺利'了。'D'——这应当是入门指南。"

"那个人是西班牙人。我推测'D'代表多洛雷丝，这在西班牙是个很普通的女人的名字。""好，华生，很好——但是极难令人信服。西班牙人给西班牙人写信，会用西班牙文。写信的人肯定是英国人。好吧，现在我们只能耐下心来等待，等那位非凡的警长回到我们这儿再说。不过，我们运气不错，这件案子使我们在这几个钟头里得以摆脱难以忍受的闲散和无聊。"在我们的萨里警官返回之前，福尔摩斯已经接到回电。福尔摩斯看了回电，当他正要把回电装入笔记本时，他瞥见了我满怀期望的脸，他笑着将回电扔过来给我。

"我们要介入贵族圈子了。"他说。电报上列了一些人名和住址：

哈林毕爵士，住在丁格尔；乔治·富奥特爵士，住在奥克斯肖特塔楼；治安官海尼斯·海尼斯先生，住在帕地普雷斯；吉姆斯·巴克·威廉斯先生，住在福顿赫尔；亨德森先生，住在海伊加布尔；约舒亚·斯通牧师，住在内特瓦尔斯林。

"这样做的目的显而易见是要限制我们的行动范围,"福尔摩斯说,"毫无疑问,头脑清楚的贝尼斯已经采取了某种类似的计划。"

"我还是不太清楚。"

"哦,我亲爱的朋友,我们已经提出了结论,在吃饭的时候加西亚收到的是一封约会或幽会的便条。现在,如果这种假定的结论成立的话,为了不爽约,这个人就得爬上那个主楼梯,到过道上去寻找第七个房门。明显得很,他要去的房子一定很大。而且,这所房子离奥克斯肖特不会超过一两英里,因为加西亚是向那个方向走的。依我对这些情况的解释,他原打算在一点钟前赶回威斯特里亚公寓。由于奥克斯肖特附近的大房子为数有限,我采取了明确的方式,打电报给斯考特·艾考斯提到过的几个经理人,这些房主的姓名都在这封回电里。如果我没猜错的话,从中肯定能找到这件事的头绪。"

在贝尼斯警长的陪同下,我们来到厄榭美丽怡人的萨里村,这时已经快到六点钟了。在和这位侦探去威斯特里亚寓所调查之前,我和福尔摩斯找到了舒适的住所,并吃了一些晚餐。那是一个既冷又黑的三月晚上,迎面扑来寒风细雨,我们就在这种恰到好处的背景的烘托下在荒凉的空地上穿行,走向那个悲剧发生的地点。

我们在阴冷凄清中走了几英里的路程,然后来到一扇高大的木质门前。门内是一条曲折阴暗的栗树林荫道,道路尽头是一栋低矮黑暗的房屋。在蓝灰色的夜空下,它显得黑影幢幢。大门左边的窗子里露出一丝儿微弱的灯光。

"有一名警察在值班,"贝尼斯说,"我来敲一下窗子。"他走过

最后的致意

草坪，用手轻轻击打窗台。透过朦胧的玻璃，我隐约发现好像有一个人从火旁的椅子上跳起来，并尖叫了一声。过了一会儿，一个面色惨白、哆哆嗦嗦的警察打开门，一支蜡烛因他的战栗而在手中摇晃。"你这是怎么啦，瓦尔特斯？"贝尼斯厉声问道。瓦尔特斯用手绢擦擦前额，长长地出了一口气，算是放了心。

"先生，您来了我真高兴。这个夜晚如此漫长，我的神经都快崩溃了。""你的神经？我倒从来没考虑过你身上还有神经。""嗯，先生，我指的是这个阴森可怕的房子，还有厨房里的那个怪物。刚才您敲窗子，我还以为它去而复返了呢。""什么东西又来了？""鬼，先生，就在窗口。""什么在窗口？什么时候？""大约两个钟头之前。天刚黑，我坐在椅子上看报，偶尔我一抬头，却看见下端的窗框外面有一张脸从外面望着我。天啊，先生，那是怎样的一张脸啊！那真是我的梦魇。""啧！啧！瓦尔特斯，这可不像一名警官的话呀。"

"我知道，先生，我知道，可是它使我害怕到了极点，先生，不管你承不承认。那张脸有您的两个脸那么大，说不上是一种什么颜色，一种特别奇怪的色彩，不黑也不白，真不知道用一种什么颜色可以形容。先生，还有那副神情：一对逼人的大眼睛，眼珠凸出，添上一口白牙，像一只饿狼一样。我对您说，先生，我一动也不敢动，更不敢出一口气。看到它突然消失不见，我跑了出去，穿过灌木林，感谢上帝，那儿什么也没有。"

"如果我不了解你，瓦尔特斯，因为此事我就完全可以给你记上一笔。如果真的是鬼，那么，一个值班警官也绝对不应该为他不敢

用手去碰它一下而感谢上帝。这该不是一种幻觉和神经的错觉吧？"

"这一点还是极易解答的。"福尔摩斯说着，点燃了他的袖珍小灯，"是的，"他飞快地检查了草地之后说，"我认为，他穿的是十二号鞋，照脚的尺寸来估计，他肯定是个高个子。""他从窗户上消失以后怎么啦？""他好像是穿过灌木林朝大路跑了。""好吧，"那位警长带着严肃而沉思的脸色说，"无论他是谁，干什么，现在他已经不在了，我们还有更为棘手的事情要办。福尔摩斯先生，如果你同意，请允许我带你对这所住宅巡视一下。"

每个卧室和起居室都被仔细搜查过，什么都没有发现。显然，房客随身带来的东西很少，甚至什么也没有带。从全部家具到细小的物件，都是连同房子一起租用的。许多留下的衣服上都标有高霍尔本的马克斯公司的标记，电报查询结果显示马克斯除了知道该买主从不赊账外，其余一无所知。还有几个烟斗、几本小说等一些零碎的东西，其中有两本书是西班牙文的，还有一支老式左轮手枪，在个人财产之中，还有一把吉他。

"这里面没有什么，"贝尼斯说，他手里拿着蜡烛，昂首阔步地走出这个房间，又进入那个房间，"福尔摩斯先生，现在我请您注意一下厨房。"因为在这所房子的背后，厨房光线很暗，高高的天花板；厨房角落里放着一个草铺，显而易见是厨师的床铺；装有剩菜的盘子和脏餐具堆满了桌子，当然还有昨天晚上留下的残羹冷炙。

"看这儿，"贝尼斯说，"你看这是什么？"他举起蜡烛，烛光下橱柜背后出现了一件特别的东西。这件东西已被揉得干巴巴的，很难弄清楚是什么。只能说它是由黑色的皮做的，形状有点像个矮小

最后的致意

的人。我刚开始以为是个经过干燥处理的黑种小孩，再一看，又像个扭曲变形的古猴。究竟是动物还是人，我最后还是说不清。它的身体中部挂着两串白色贝壳。

"的的确确是很有趣——很有趣！"福尔摩斯说，并凝视着这件怪异的物品，"还有什么没有？"

贝尼斯一声不吭地把我们带近洗涤槽前面。他把蜡烛朝前一照，只见某种白色大鸟的翅膀和躯体被撕得七零八落，上面还留着羽毛，盛满一盆。福尔摩斯指了指割下来的那只鸟头上的垂肉。

"一只白公鸡，"他说，"太有趣了！这真是一件非常离奇的案子。"但是，贝尼斯先生坚持带我们看完了整个"展览"。他从洗涤槽下面拿出一个装满血的铝制桶，然后从桌上取来一个放着烧焦了的碎骨头的盘子。"看来他们杀死了一些东西，又烧了一些东西。这些都是我们从火堆里收集起来的。今晨我请教了一位医生，他声称这些东西不属于人体的任何部分。"

福尔摩斯微笑着搓着手，"我得恭喜你，警长，你解决了一件如此不同寻常而又富于教益的案件。你的才能好像超过你的机会，如果我这样说不至于有所冒犯的话。"贝尼斯警长的两只小眼睛露出兴奋的神情。"你说得对，福尔摩斯先生。我们在工作上总是没多大进展，此类案件可为人们带来机会，我希望能够充分利用这次机会。你对这些骨头是怎么看的？""我看是一只羔羊，要不就是小山羊。""那么，白公鸡呢？""真奇怪，贝尼斯先生，非常奇怪，可以说闻所未闻。"

"不错，先生，这房子里的人透着怪异，行动诡异，其中一个死

于非命，难道是死于同伴之手吗？如果是这样，我们早就抓住他们了，因为我们派人监视了所有的港口。但是，我本人有不同的观点。是的，先生，我本人并不那么认为。"

"这么说你自有见解了？""我要独自来完成这件事，福尔摩斯先生，我之所以如此是为了提高我的声誉。你已经成名了，我也想成名。如果以后我能够自豪地对人说，我是在没有你的协助下破了案，这对我来说将是一件十分高兴的事。"福尔摩斯开怀笑了起来。

"好吧，好吧，警长，"他说，"你走你的路，我过我的桥吧。我可以随时为你效劳，如果你愿意的话。我想，这房子里，我想看的都看过了。把时间花到别处去或许更有益处，再见啦，祝你好运！"

我可以发现许多除我之外别人不可能会注意到的福尔摩斯的许多微妙的表情，那些表情说明他现在正急于寻找一种线索。也许在别人看来，福尔摩斯一如既往地冷淡，但实际上，他却饱含着热情并充满着紧张的情绪，这从他那放光的眼睛和轻快的举止中就可以看出来。通常说来，他一句话也不说的时候就是在考虑对策。依我的性格，我什么多余的话也不说，能和他参与这件事，为使罪犯落网，尽我微薄之力，又不至于分散他的精力，对我来说足可感到欣慰了。到时候，一切我都会知道。

因此，我等待着——可是，我越来越失望，空等一场。一天接着一天，我的朋友无任何动静。有一天的上午他是在城里度过的，我听说他是去大英博物馆了。除此之外，他就每天长时间一个人散步，再不就是同村里几个碎嘴子一起闲聊，看得出来他想和这些人交往。"华生，我确信在乡间住一个星期对你是很难得的，"他说道，

最后的致意

"那是一件非常愉快的事——能又看见树篱上新绿的嫩芽和榛树上的花朵。你不妨带上一把小锄,一只铁盒子和一本初级植物学读本,这样你的日子就过得很有意义了。"他自己就带着这套设备四处奔忙,可是带回来的只是寥寥几株小植物,而这是在一个黄昏就能采到的。

在我们漫步闲聊的时候,偶尔也巧遇贝尼斯警长。当他同福尔摩斯打招呼的时候,他那张又肥又红的脸上堆满了笑容,一对小眼睛闪闪发光。他极少谈起案情,从他偶尔谈的那么一点情况看,他对案件的进展还是比较满意的。然而,我不得不承认案发五天后,当我打开报纸看到以下的标题时,仍不免大吃一惊:

破获奥克斯肖特谜案
犯罪嫌疑人已被捕获

当我不由自主地读出了标题时,福尔摩斯忽地一下从椅子上跳了起来,似乎被什么蜇了一下。他大声地喊着:"你不会说贝尼斯已将他抓住了吧?""显而易见。"我一边说着一边接着将以下报道继续念了下去。

昨天深夜,当传闻报道奥克斯肖特凶杀案有关的凶犯已被捕获时,在厄榭及其邻近地区立刻引起一场轩然大波。人们至今对威斯特里亚公寓的加西亚先生之死记忆犹新,他的仆人和厨师于他受害之日连夜逃走,显而易见他们涉

及此案。有人指出，死去的这位先生可能有贵重财物存放在寓所里，以致财物失窃，构成罪案，但此种说法未得到证实。经负责此案的贝尼斯警长多方努力，逃犯的藏匿处所已被查明。他有足够的理由相信他们正潜伏在预先准备好的某一巢穴中。首先可以肯定，他们最终将被捕获，因为据曾经通过窗户见过厨师的一两个商人作证说："该厨师相貌醒目——他具有显著的黑种人特征的淡黄色面孔，是一个身材魁梧的混血儿。"自从作案以来，有人曾目睹此人，因为他竟敢气焰嚣张地重返威斯特里亚寓所，以致在当晚被值班警官瓦尔特斯察觉并追踪。贝尼斯警长断定此人因为不可告人的目的还会前来，于是放弃寓所，另在灌木林中设下埋伏。该嫌疑犯中了埋伏，在昨晚经过一场搏斗后，终被捕获。警官汤宁在这次追捕中负了重伤。当罪犯被带到地方法官面前时，警方将要求予以还押。此人被缉拿归案后，对本案的进展将有巨大的帮助。

"我们应当马上去见贝尼斯。"福尔摩斯喊道，抓起了帽子。"我们还赶得上在他出发之前到那里。"我们匆忙来到山村路上，正如我们估计的，警长正要离开他的住处。"你看到报纸了吧，福尔摩斯先生？"他一边问道，一边把一份报纸递给我们。"是呀，贝尼斯先生，看到了。如果我向你提出一个友好的建议，希望你不要介意。""建议，福尔摩斯先生？""我曾经细心研究过这个案件，我还不敢肯定你走的路子是对的。我不希望你这样蛮干下去，除非你有

最后的致意

十分的把握。""谢谢你的好心,福尔摩斯先生。""我敢向你发誓,我这样做是为你好。"我似乎看见贝尼斯先生的两只小眼睛中的一只突然抖动了一下。"我们说过互不相干,福尔摩斯先生。我正是这样做的。""哦,那很好,"福尔摩斯说,"请别介意。"

"哪儿的话,先生,我十分相信你对我这样做是一片好心。不过,我们都有自己的打算,福尔摩斯先生。你有你的打算,我也有我的打算。""这个我们就不要再谈了吧。"

"你如果使用我的成果,我将十分荣幸。这家伙是一个地地道道的野蛮人,凶狠得简直像魔鬼,结实得像公马,抓他的时候,汤宁的大拇指差点被他咬断了。他哼哼唧唧地一个英文单词也不会说,从他那儿一无所获。"

"你觉得你有直接的证据证明他害死了加西亚吗?"

"我没有这样说,福尔摩斯先生,我没有这样说。我们各有各的办法,你用你的,我用我的。我们可是说好的。"福尔摩斯耸耸肩,走了出来,"实在搞不清这个人,他好像是在骑着马瞎闯。好吧,照他说的各自做各自的,看结果怎么样。不过,我还是不太理解贝尼斯警长。"我们回到布尔的住处时,歇洛克·福尔摩斯说道:"华生,请你坐在那张椅子上,听我解释一下案情,因为我今天晚上可能需要你的帮助。你先听听我所推测的案件的来龙去脉。这起案子其实很简单,但是如何拘捕仍然存在着极大的困难。在这方面还需要我们去打开一些缺口。

"让我们先看一下加西亚遇害那天晚上收到的那封信吧,我们先把贝尼斯关于他仆人与本案有关系的想法放在一旁。证据是这样一个事实：正是加西亚安排斯考特·艾考斯到来的，这只能说明他的目的在于为他证明他不在犯罪现场。那夜显而易见加西亚怀有某种企图，而且在这种企图中丢了命。我说'企图'，那是因为，只有当一个人心怀恶念的时候，他才想造出不在犯罪现场的假象。那么，谋害他的人又会是谁呢？当然是'企图'所针对的那个人。到现在为止，我看我们的推论是可靠的。

"现在，我们可以解释加西亚的仆人们为什么无影无踪的原因了。显而易见他们作为同伙都参与了这桩目前我们还不清楚的罪行。如果加西亚回去时计划成功，那么，那个英国人的作证就会排除任何可能的怀疑，一切都会很顺利。但是，这一尝试是足以致命的。如果加西亚到了一定的时候不归，那就可能是呜呼哀哉了。因此，事情是这样安排的：如果出现危险情况，他的两个手下会躲到事先选好的藏身之地，逃避搜查，以便事后继续再干。这说明了全部的情况，是不是？"整件事情在我面前似乎有了眉目，但我仍是很奇怪，为什么在此之前我总是一点也看不出来呢？

"但是，为什么有一个仆人要回来呢？""我们可以设想一下，在慌忙逃走的时候，他落下了某种珍贵的东西，这东西他舍不得丢下。这一点说明了他的固执，对不对？""哦，那么下一步呢？""下一步？加西亚在晚饭时收到了那张便条，这便条内容表明，他有一个同伙隐藏在一个秘密的地方。那么在哪儿呢？我已经对你说过，它只能在某一处大宅子里，而附近的大住宅则为数有限。到村里的头几天，我四处游逛，说是进行植物研究，实际上是查找周围的大住宅并对其进行调查。有一家住宅，而且只有一家住宅，引起了我

最后的致意

的注意。这就是海伊加布尔有名的雅各宾老庄园，离奥克斯肖特河的那一头一英里，距发生悲剧的地点不到半英里。其他宅邸的主人都平凡而可敬，与传奇生活毫不相干。但是，海伊加布尔的亨德森先生却是个十分怪诞的人，稀奇古怪的事似乎有发生在他身上的可能。因此，我把注意力集中在他和他一家人的身上。

"他们一家都是怪人，而他本人则是他们中最怪异的一个，华生。可是，从他那双灰暗、深陷、沉思着的眼睛里我似乎看出，他对我的真正来意十分清楚。他身体健壮而机灵，年约五十，铁灰色的头发，两道浓眉连在一起，动若脱兔，态度威严，有帝王之风——显然他是一个飞扬跋扈的人。在他那羊皮纸一般的面孔后面，有着热辣辣的性格。他或是个外国人，或是曾长期在热带居住过，因为他的皮肤黄而枯槁，但却坚韧得像马裤呢。他的朋友兼秘书路卡斯先生无疑是个外国人，棕色的皮肤，文雅中带着狡猾，彬彬有礼的背后藏着刻薄。你看，华生，我们已经接触了两伙外国人——一伙在威斯特里亚寓所，另一伙在海伊加布尔——所以，我们的两个缺口已经开始合拢了。

"亨德森先生和路卡斯先生是全家的中心。不过，对我来说，另外还有一个人甚至更为重要。亨德森有两个女儿，一个十三岁，一个十一岁；她们的女教师伯内特小姐是一位四十岁上下的英国妇女；还有一个亲信男仆。这小小的一伙人组成了一个真正的家庭，因为他们一同到各地旅行。亨德森先生是大旅行家，经常出去旅行。已经有一年多不在家了，前几个星期才从外地回到海伊加布尔来。顺便说说，他十分富有，任何要求都可得到满足。至于别的情况嘛，

就是他家里总是有一大堆管事、听差、女仆以及英国乡村宅第里常有的一群混吃喝之人。

"这些情况，一部分是从村里人的闲谈中听到的，一部分是我自己观察所得。最好的人证是那些受到委屈而被辞退的仆人们。我幸运地找到这么一个。虽说是幸运，但你知道坐在家中天上是不会掉馅饼的。正如贝尼斯所说，我们都有自己的打算。按照我的打算，我找到了海伊加布尔原先的花匠约翰·瓦纳，他是在他专横的主人一怒之下卷铺盖滚蛋的。而在室内工作的那些仆人有不少和他气味相投，他们对他们的主人既恨又怕。所以，这个老花匠——打开这家人的秘密的钥匙终于被我找到了。

"这真是奇怪的一家人，华生！我并不以为我已经搞清全部情况，但他们的确是非常怪异之人。这是两边有厢房的一所住宅，仆人住一边，主人住另一边。除了全家的饭菜由亨德森的仆人一并承担之外，这两方并无联系，每件东西都得拿到指定的房间门口，这就是联系。女教师和两个孩子只到花园里走走，从来不出门。亨德森也从不单独散步，他的那个深色皮肤的秘书跟他形影不离。仆人当中有人传说，他们的主人对某种东西十分惧怕。'为了钱，他把灵魂都出卖给了魔鬼，'瓦纳说，'就等着债主来要他的命了。'谁也不知道他们从何处来，是什么样的人。他们非常凶暴。亨德森曾经两次用狗鞭子打人，只是因为他十分有钱，可以支付巨额赔款，才使他免于法律上的追究。

"华生，现在我们靠新材料重新判断一下形势。我们可以这样假设：那封信是从这个古怪的人家送去的，要加西亚去执行某件事先

最后的致意

计划好的任务。信是谁写的？是这个城堡里的某一个人写的，并且是个女的，那么，除了女教师伯内特小姐之外，还会是谁呢？我们全部判断的终点都指向此处，无论如何，我们都可把它当做一种设想，看它将会带来什么样的结果。再说一句，从伯内特小姐的年纪和性格来看，起初我猜想这件事和爱情有关的说法是不能成立的。

"假如那封信真的是她写的，那么，她就该是加西亚的朋友和同伙。果真如此的话，得知加西亚的死讯，她会怎么做呢？也许她会守口如瓶，因为加西亚是在某种非法的行径中遇害的，但她心里一定也痛恨那些杀死他的人，一定会想方设法为他报仇。能不能想办法去见她？这是我最初的想法。现在我遇到的情况不妙。自从那天晚上发生了谋杀案后，到现在还没有谁看见过伯内特小姐。从那天晚上起，她就失踪了。她还活着吗？或许她和加西亚一样遇难了？或者，她也是个凶手？这一点是我们要加以确定的。

"你会感受到这种困境的，华生。我们因为证据不足无法要求搜查。另一方面如果我们把全部计划拿给地方法官看，他会认为我们是异想天开，因为那个女教师的失踪说明不了什么原则性的问题。因为在那个特殊的环境里，任何一个人都可以一个星期不露踪影，而目前她的生命可能处于危险中。我所能做的就是监视这所房子，把我的代理人瓦纳留下看守着大门。我们不能让这种情况再继续下去，如果法律在这个时候无能为力，我们只好借助个人的力量了。"

"你打算怎么办呢？""我知道她的房间。可以从外面一间屋的屋顶进去。我建议我们今晚就去，看能不能揭开谜底。"

我必须承认，此事并不简单。怪异可怕的住户，弥漫着凶杀气

氛的老房子，对冒险者而言有很多难以预料的危险，而且我们很容易触犯法律，这一切合在一起，挫伤了我的热情。但在福尔摩斯严谨的推理中有一些东西，使得对他提出的任何冒险的建议持否定态度都是不可行的。我们明白只有这样才有可能揭露出事件真相。我默默地握住了他的手。事已至此，不容退缩。

但是，调查的结果却是我们始料不及的。正当三月份的黄昏开始降临时——大约五点钟，一个神色慌张的乡下人闯了进来。

"他们走了，福尔摩斯先生，他们坐最后一趟火车走了。那位女士挣脱了他们，她现在坐在楼下马车里。""好极了，瓦纳！"福尔摩斯一跃而起，叫道，"华生，事情总算要水落石出了。"

马车里有一个因神经衰竭而呈半瘫痪状态的女人，她瘦削而憔悴的脸反映出她最近不寻常的遭遇，脑袋有气无力地垂在胸前。当她抬起头来，用她那双迟钝的眼睛望着我们的时候，我发现她的瞳仁已经变成浅灰色虹膜中的两个小黑点。看来她服过鸦片了。

"我照您的吩咐守在大门口，福尔摩斯先生。"我们的使者——那位被开除的花匠说，"自从马车出来后，我就开始追踪，一直到车站。她一直像在梦游一样，直到他们想把她拽上火车时才苏醒过来，竭力反抗。他们把她推进车厢，她又挣脱了出来。我把她拉开，又雇了一辆马车，就来到这儿。我一定不会忘记当我带她离开时车厢窗子里的那张脸。要是他来得及回来抓住我们的话，我早就没命了——那个黑眼睛、怒气冲冲的黄鬼！"

我们扶她上楼，让她平躺在沙发上，给她喝了两杯浓咖啡，使她的大脑在药性的作用下清醒过来。福尔摩斯把贝尼斯警长请来了，

最后的致意

作为明眼人,后者马上就明白发生了什么事情。

"啊,先生,你把我要找的证人找到啦,"警长用力握住我朋友的手热忱地说道,"从一开始,咱们两个人就在寻找同一条线索。"

"什么!你也在找亨德森?""唔,福尔摩斯先生,当你在海伊加布尔的灌木林中缓步而行时,我正在庄园里的一棵大树上往下看着你。关键在于谁先得到自己的证人。""那么,你为什么要逮捕那个混血儿呢?"贝尼斯十分得意地笑了起来。

"我肯定,那个自称为亨德森的人已经感到自己被怀疑了,并且一旦有风吹草动,他就会藏起来,不再有所行动。我知道,他可能会溜掉,我故意抓错人,是为了放烟雾弹使他确信我们已经不注意他了,这样就给了我们找到伯内特小姐的机会。"福尔摩斯拍了拍警长的肩膀。

"你的直觉不错,凭才能一定会高升的。"他说。贝尼斯一副笑容可掬的样子,"一个星期来,我一直派了一个便衣守候在车站。海伊加布尔家的人不管上哪儿,都在便衣的监视之下。可是,当伯内特小姐挣脱的时候,便衣左右为难,不知该如何做才好。不管怎么说,你的人找到了她,一切都很顺利。如果没有她的证词,我们就无法去捉真凶,这是再清楚不过的。所以,我们越快得到她的证词越好。"

"她在慢慢恢复,"福尔摩斯说,眼睛凝视着女教师,"告诉我,贝尼斯,亨德森是什么人?""亨德森,"警长说,"就是唐·默里罗,一度被称为圣佩德罗之虎。"圣佩德罗之虎!有关这个人的全部史料马上浮现在我的脑海中,他是那些打着文明的旗号统治国家的

暴君中最残忍荒淫的一个。他精力充沛，为非作歹，而且他刚愎自用，对一个胆小怕事的民族施加残暴统治长达十一二年之久。他的名字在整个中美洲就代表着一种恐怖。那个时期的最后几年，他的国家爆发了反对他的全民起义。但是他非常狡猾，刚觉察到一点风吹草动，就把他的财产偷偷转移到一艘由他的死党掌握的船上。起义者第二天袭击他的宫殿时，那里已经一无所有。这个独裁者带着他的两个孩子、秘书以及财物逃之夭夭。从那时起，他就从世界上消失了。他本人则成了欧洲报纸经常评论的话题。

"确实如此，先生，唐·默里罗就是圣佩德罗之虎，"贝尼斯说，"如果你去查一查，就会发现圣佩德罗的旗帜是绿色和白色的，同那封信上说的一样，福尔摩斯先生。虽然他自称亨德森，但我查询了他的历史，一八八六年他的船到达巴塞罗那，在这之前是从巴黎至罗马至马德里，直到现在，人们才开始发现他。"

"他们一年前就发现他了，"伯内特小姐已经坐了起来，聚精会神地听着他们谈话，这时接口说，"有一次他真的几乎保不住命了，可某种邪恶精灵却在冥冥中使他逃脱。现在也是一样，高贵而豪迈的加西亚倒下了，而那个魔鬼却安然无恙。正义者会前仆后继地完成这项事业，直到他死。这一点是肯定的，正如明天太阳将要升起一样。"她紧握着瘦小的双手，出于仇恨，她那憔悴的脸变得苍白。

"但是，伯内特小姐，你怎么会牵涉其中呢?"福尔摩斯问道，"一位英国女士怎么会参与这么一件凶杀案呢?""因为在这个世界上根本没有别的方式可以伸张正义，我只好参与其中。多年前，

最后的致意

在圣佩德罗血流成河,英国的法律管得了吗?这个人用船装走盗窃来的财物,英国的法律管得了吗?对你们来说,这些罪行似乎发生在别的星球上。但是,我们却知道,在悲哀和苦难的历程中我们认识了真理。对于我们来说,地狱里没有哪个魔鬼像唐·默里罗。只要他的受害者仍有报仇雪恨之心,那么他的生活就会一日不得安宁。"

"当然,"福尔摩斯说,"他正是你所说的那种人。我听说他极端残暴。不过,您受到的是他什么样的迫害呢?""我全都告诉你。这个恶棍的做法就是以这种或那种借口,把只要有可能成为他的危险对手的人都杀死。我的真名是维克多·都郎多太太,我的丈夫是驻伦敦的圣佩德罗公使。他是世上少有的极为高尚的人,我们在伦敦相识并且结婚。不幸的是,默里罗知道了他的卓越品质,于是用某种借口召他回去,把他枪毙了。他事先有所预感,就一个人回去了。他的财物充公了,留给我的是可怜的收入和一颗破碎了的心。后来,这个暴君倒台了。正如你刚才说的那样,他逃走了。可是,许多人的生命被他毁了,他们的亲戚朋友也在他手里受尽苦难甚至死去。活着的人是不会罢休的,他们组织了一个协会想打倒这个暴君,一天不成功,这个协会就会存在一天。当我们发现这个改头换面的亨德森就是那个倒台的暴君之后,我的任务就是以女教师的身份打入他家里为同伴的行动提供情报。他没料到,每顿饭都与他一同进餐的这个女人的丈夫,正是被他迫不及待地杀害了的人。我负责教育他的孩子,强颜欢笑,时刻等待机会。我们曾在巴黎试过一次,结果失败了。我们迅速地东绕西拐跑遍

欧洲，甩掉跟踪我们的人，最后回到这所他一到英国就买下来的房子。

"但是，这儿也有正义之神。作为前圣佩德罗最高神职官员的儿子的加西亚，得知这个暴君要回到那里去时，便与两个同伴带着复仇的渴望等着他。加西亚在白天无法下手，因为默里罗防备甚严，没有他的随员路卡斯——此人在他得意的年代叫洛佩斯——在身边，他决不外出。可是晚上的时候他却是单独睡的，复仇的人极易找到他。有一天黄昏，按照事先的安排，我给我的朋友送去最后的消息，因为这个家伙时刻在警惕着，他不断地调换房间。我要注意让所有的房门都开着，同时在朝向大路的那个窗口发出绿光或白光作为信号，表示一切顺利或者行动最好延期。

"可是，我不知道秘书洛佩斯已经开始怀疑我，我刚写完信，他就从我背后猛扑上来。他和他的主人把我拖回房间，大骂我是一个有罪的女叛徒。如果他们有能力逃避杀人后果的话，他们早就当场用刀刺死我了。最后，他们经过争论，一致认为杀死我太危险。但是，他们决心要干掉加西亚。他们把我的嘴塞住，默里罗扭住我的胳膊，强迫我告诉他们地址。我发誓，如果我不这样做，那么，他们可能早把我的胳膊扭断了。洛佩斯在我写的信上补上地址，用袖扣封上口，交给仆人何塞送了出去。至于他们怎么害加西亚的，我不知道，只知道是默里罗亲手把他击倒的，因为洛佩斯留下来看守着我。我想，他一定是在金雀花树丛里等待着。树丛中有一条弯曲的小径，等加西亚经过时就把他击倒。起初，他们想让加西亚进屋来，然后把他作为遭到追赶的夜盗杀死。但是，他们在这件事上发

最后的致意

生了分歧,如果遭到查问,他们的身份会马上暴露,有可能会给他们带来更大的打击。加西亚一死,这件事就会不了了之,同时也可对加西亚的同伙起恐吓的作用,这使他们放弃了自己的打算。

"如果不是因为我知道这伙人的所作所为,他们现在都会安然无事的。毫无疑问我的生命好几次都在地狱的门口徘徊。我被关在房里,受到最惨无人道的威胁。他们以残酷虐待来摧残我的精神——请看我肩上的这块刀疤和手臂上一道道的伤痕——有一次,我想在窗口喊叫,他就把一件东西塞进我嘴里。这种惨无人道的关押持续了五天,我三餐不继,苟且求生。今天下午,他们意外地给我送来了一份丰盛的午餐。等我吃完,才知道吃的是毒药。我像在梦里一样,被塞进马车,后来又被拉上火车。在火车要开的一刹那,我突然意识到我的生命和自由完全由自己掌握。感谢上帝,我终于逃出他们的魔掌了。"

我们都聚精会神地听着她这番不寻常的遭遇,最后还是福尔摩斯打破了沉默。

"问题刚刚开始,"他说着摇摇头,"虽然我们的侦查工作已经完成,但是,我们的法律工作开始了。""对,"我说,"一个善辩的律师可以把这次谋杀说成是自卫行动。在这样的背景下,可以犯上百次罪。"

"行了,行了,"贝尼斯高兴地说,"依我看法律还比较健全,自卫和蓄谋诱骗人完全是两码事。不,不,不久我们在吉尔福巡回法庭上看到海伊加布尔的那些房客们,就可以证明我们的正确了。"

然而,这是个历史问题,圣佩德罗之虎受到法律上应有的惩罚

还需一段时间。他和他的同伙十分狡猾而且胆大包天,他们溜进埃德蒙顿大街的一个寓所,然后从后门出去,到了柯松广场,就这样甩掉了追捕的人。从那天起,他们就没在英国出现过。大约半年以后,蒙塔尔法侯爵和他的秘书鲁利先生在马德里的艾斯库里饭店里双双被谋杀。有人把这桩案子归咎于无政府主义,但是谋杀者始终没有抓到。当贝尼斯警长到贝克大街看望我们时,带来了那位秘书鲁利先生黑脸的复印件和他所谓侯爵主人的一张图像:成熟的面庞,两簇浓眉和一双富有魅力的黑眼睛。我们并不怀疑,尽管是耽搁了,但正义毕竟还是得到了伸张。

"亲爱的华生,这是一桩十分复杂的案件,"福尔摩斯在黄昏中抽着烟斗说道,"我们不能如愿地把它看做简单的事。它包括两群神秘的人,涉及两个洲,加上我们无比可敬的朋友斯考特·艾考斯的出现,促使案情进一步复杂化了。他介绍的情况向我们表明,死者加西亚足智多谋,有良好的自卫本领。结局是相当不错的,我们同贝尼斯这样优秀的警长合作,在众多头绪中找出要点,终于得以顺着那条蜿蜒曲折的小路前进。你还有什么地方不解吗?"

"那个混血厨师回来是要干什么?""我想,厨房里那件奇怪的东西可以解释一切,此人是圣佩德罗原始森林的生番,那东西无疑是他们的崇拜品。当他和同伙逃到预定的撤退地点时——已经有人在那里,无疑也是他们的同伙——他的同伴曾劝过他把这样一件易使他们受连累的东西丢掉。可是,那是这个混血儿的心爱之物。第二天,他禁不住又回来了。当他在窗口张望时,看见了正在值班的

最后的致意

警官瓦尔特斯。他一直等了三天,出于虔诚或者说是迷信,他又尝试了一次。平常机警的贝尼斯警长虽然一度在我面前轻视此事,但也终于认识到此案的重要性,所以布置了圈套让那家伙落网。还有什么别的疑问吗,华生?"

"那只撕烂的鸟,一桶血,烧焦的骨头,在那古怪厨房里的所有神秘东西又如何解释呢?"

福尔摩斯面露微笑地打开笔记本,翻到其中一页。"我在大英博物馆花费了一上午的时间,研究了这些和其他一些问题。这是从爱克曼著的《伏都教和黑人宗教》一书中摘出来的一段话:

> 虔诚的伏都教信徒不论做任何重要的事情,都要向他那不洁净的神供奉祭品。在特殊情况下,这些仪式采取杀人祭祀,继之以食人肉的方式。但通常情况下的祭品则是一只活活被扯成碎片的白公鸡,或者将一只黑羊割开喉咙,将它的躯体焚化。

"所以你看,我们的野人朋友在仪式方面完全是遵循习俗的。这真是怪诞,华生,"福尔摩斯添了一句,同时很慢地合上笔记本,"我敢肯定地说从怪诞到可怕只有一步之遥。"

硬纸盒

我尽可能少选那些耸人听闻的案件,而只选择最能证明我的朋友歇洛克·福尔摩斯的卓越才智的典型案件。但是,不幸的是要把耸人听闻和犯罪截然分开是相当困难的,对此我真是进退维谷。要么必须牺牲那些对于他的叙述不可缺少的细节,从而给问题加上一种虚构的印象,要么就得使用随机而不是选择所得的材料。做了这番简短的开场白之后,我将翻阅我的记录,看一看一系列虽然特别可怕但却十分离奇的事件。

八月的天,火辣辣地热。贝克街像一座火炉。阳光照在大街对面房子的黄色砖墙上,刺得人的眼睛发痛。令人难以置信的是,在冬天隐约出现在朦胧迷雾之中的也是这些砖墙。我们的百叶窗放下一半,福尔摩斯蜷缩在沙发上,拿着早班邮差送来的信一直在看。我呢,在印度工作过,练就了一身怕冷不怕热的本领,华氏九十度的气温也挺得住。早晨的报纸枯燥无味,议院早已散会。人人都出城去了,我也想去新森林或者南海海滨度假,因为存款用完,只得推迟假日。至于我的同伴,乡下和海边都引不起他丝毫兴趣。他愿意呆在五百万人之中,把他的敏锐触角伸出,敏锐地探索需要侦破的每一个谣传和疑点。他的天赋虽高,却不会欣赏自然。只有当他把精力从城里的坏分子转向乡下的恶棍时,他才去乡间透透空气。

最后的致意

看到福尔摩斯全神贯注，一副不想说话的样子，我把枯燥乏味的报纸扔在一边，靠在椅子上陷入了沉思。正在此时，我同伴的声音突然打断了我的思路。

"你是对的，华生，"他说，"它看来是一种最荒谬的处理争执的办法。""最荒谬！"我惊呼道，忽然意识到他说出了我的内心所思。我从椅子上直起身来，惊讶地盯着他。"这究竟是怎么一回事，福尔摩斯？"我喊道，"这真是出乎我的意料。"看见我迷惑不解的样子，他爽朗地笑了。"不知道你是否记得，"他说，"不久前我给你读过爱伦·坡的一篇短文中的一段。其中有一个人把他同伴的想法一一推论出来，当时你还认为，这只不过是作者的一种巧妙的构思，当我说我也有同样的推理习惯时，你表示了怀疑。""哪里的话！""你嘴里也许没有这样说，亲爱的华生，但是你的眉毛告诉了我。所以，当我看到你扔下报纸陷入沉思的时候，我很高兴有机会可以对此加以推论，而且还打断了你的思索，以证明我对你的关注。"

不过我还是很不满足。"你举给我的那个例子中，"我说，"那个推论者是从同伴的行动上得出结论的。如果我没有记错的话，他的同伴被一堆石头绊了一跤，仰起头来望着星星，等等。可是我一直静静地坐在我的椅子里，这又能给你的推理提供什么线索呢？""你这可是冤枉你自己了。面部表情是人们用来表达感情的方式，而你的面部表情表明了你的内心。"

"你是说，你从我的面部表情上窥探出了我的想法？""对，从你的面部表情，尤其是你的眼睛。至于你怎样陷入沉思的，或许你自己也回忆不起来了吧？""我真的想不起来了。""那么我来告诉

你，你扔下报纸的动作引起了我的注意。你面无表情地呆坐了半分钟，然后你的眼光落在戈登将军的照片上，你前不久刚为它配上镜框。这样，从你的面部表情可以看到你开始思考了，不过思路还未走多远。你的眼光又转到放在你书上的那张还没有配镜框的亨利·华德·毕特的照片上面。后来，你又抬头盯着墙，你的意思当然是非常明确的。你是在想，这张照片也该装进框子，恰好盖上那面墙上的空白，和那边戈登的照片相对称。"

"你对我观察得真透彻！"我惊奇地说。"到目前为止，我还没有看错你，可是你当时的念头又回到毕特身上去了，你目不转睛地盯着他，似乎在研究他的相貌特征。然后，你的眼神松弛了，不过你仍旧在望着，脸上显现了思索的神情。你在回忆毕特的战绩。我很清楚，这样你就一定会想到内战期间毕特代表北方所承担的使命，因为我记得，你认为我们的人民对他态度粗暴，你对此曾表示过强烈的不满。既然你有如此强烈的感受，因此我知道，你一想到毕特就会想到这些。过了不久，我发现你的眼光离开照片，我猜想，你心里也想到了内战。我观察到你紧闭着嘴唇，眼睛闪闪发光，两手紧握着，这时我断定你是在回忆那场殊死搏斗中双方所表现出来的英勇气概。但是紧跟着，你的脸色又变得更阴暗了，你摇着头。你在思量悲惨、恐怖和无谓的牺牲。你的手探向身上的旧疤，嘴角抖动，露出一丝笑容，这里我同意你的观点：那是愚蠢的。我十分幸运地发现，我的全部推论都是正确的。"

"完全正确！"我说，"尽管现在你已经解释过了，可是我承认，我还是和刚才一样不理解。"

最后的致意

"华生,这的确是十分浅显的事情。如果那天你不是对推论一事表示怀疑,我是绝不会用此事打扰你的。不过,我手头有一个小问题,要解决它,一定比我在解释思维方面的小尝试更加困难。报上有一节报道,说克罗伊登十字大街的库欣小姐收到一只不寻常的邮包。你注意到没有?""没有,我没有印象。""啊!那一定是没看到。给你报纸,在这儿,在金融栏下面。麻烦你大声地念一下。"

我把他扔给我的报纸拾起来,念了他说的那篇文章。标题是《一个吓人的包裹》。

苏珊·库欣小姐住在克罗伊登十字大街。她成为一次极其令人作呕的恶作剧的受害者。如果不是恶作剧,这件事便有更为险恶的用心。昨天下午二时,邮差送去一个牛皮纸包着的小包裹。包裹里是一只硬纸盒,盒内装满粗盐。库欣小姐拨开粗盐,吓了一大跳。她看见里面有两只显然是刚割下不久的人耳朵。这只包裹是头天上午从贝尔法斯特邮局寄出的,没有写明寄件人是谁。使问题陷进迷雾的是,库欣小姐是一位年过五十的老处女,平时她深居简出,来往通信者甚少,很难收到邮包。但在几年前,当她卜居彭奇时,曾将几个房间出租给三个医学院学生。后因他们吵闹,生活又没什么规律,不得不叫他们搬走。警方怀疑这三名青年出于怨恨,将解剖室里的遗物邮寄给她以示恐吓。还有人猜测,这是这些青年中的那位贝尔法斯特人所为。库欣小姐也认为那人是贝尔法斯特人。目前在卓越的侦缉官员之一雷斯德的负责

福尔摩斯探案全集

下，此事正在积极调查中。

"《每日记事》报就报了这么多内容，"当我读完报纸时，福尔摩斯说，"现在我们来谈一下雷斯德，今天早晨我收到他的一封来信。信里说：

> 我认为你是极为内行的侦探并会对此案感兴趣。我们正在竭尽全力查清此事，但工作进展缓慢。我们当然已经电询贝尔法斯特邮局。由于当天业务较多，无法逐一辨认或回忆寄件人的姓名，这种太普通的半磅装甘露烟草盒子，对我们毫无帮助。还是医学院学生的说法比较站得住脚。如你有空的话，我将非常高兴见到你。我整天不在这宅子里就在警局。

"你看怎么样，华生？能否不畏炎热跟我到克罗伊登跑一趟，同时也为你的记事本添点儿内容？""我正想干点什么哩。"

"这就好。请你按一下铃，叫他们把我们的靴子拿来，再去叫一辆马车。我换好衣服，把烟丝盒子装满，马上就来。"

我们上火车后，天下了一点儿雨，这使克罗伊登不像城里那么暑气炎炎。福尔摩斯事前已经发了电报，所以雷斯德已在车站等候我们。他像往常一样精明强干，一副侦探派头。步行了五分钟后，我们来到库欣小姐住的十字大街。

这是一条很长的街道，两旁是两层的楼房，清洁而整齐，屋前

最后的致意

的石阶已被踩成白色，系着围裙的妇女三五成群地在门口闲谈。走过半条街后，雷斯德停下来去敲一家的大门。一个年幼的女仆开了门。我们被带进前厅，一个面目文静温和的中年妇女坐在那里，灰色的卷发落在两鬓，一对秀丽的眼睛，身边放着一个装有各色丝线的篮子，在她膝上搁着一只没绣完的椅套。

"那可怕的东西在外屋，"当雷斯德走进去时，她说，"我希望你把它们带走。""是要带走的，库欣小姐。我之所以没拿走，是想让我的朋友福尔摩斯前来看一看。""为什么要当着我的面呢，先生？""没准儿他想提几个问题。""别忘了，这事我一无所知，问我又有什么用处？""确实如此，太太，"福尔摩斯用安慰的语气说道，"我不怀疑，这件事已经够使你气恼的啦。""是啊，我是个喜欢安静的女人，名字见报，警察光临，这对我来说是十分新鲜的事。我不希望这东西搁在我这儿，雷斯德先生。如果你要看，请到外面的屋里去看吧。"

那是一间坐落在屋后小花园里的小棚子。雷斯德进去拿出一个黄色的硬纸盒，一张牛皮纸和一段细绳子。我们坐在小路尽头的石凳上，这时，福尔摩斯对雷斯德递给他的东西一一观察起来。"绳子挺有意思，"说着他把绳子举到亮处，用鼻子嗅了一嗅，"你认为这绳子是用什么材料做的，雷斯德？""可以肯定涂过柏油。""毫无疑问是涂过柏油的麻绳。看来，你也注意到了，从绳子两端的磨损可以看出，库欣小姐是用剪刀把绳子剪断的。这很重要。""我可看不出这有什么重要的。"雷斯德说。

"重要之处在于绳结原封未动，还有这个绳结打得很不寻常。"

"绳结打得很精致。这一点,我已经注意到了。"雷斯德十分得意地说。"好吧,对于绳子就谈这么多吧,"福尔摩斯面带微笑地说,"现在来看包装纸。这是有一股明显的咖啡味的牛皮纸。怎么,没有检查过?肯定没有检查过。地址写得很潦草:'克罗伊登十字大街 S. 库欣小姐收',也许是用一支 J 字牌笔头较粗的钢笔写的,墨水很差。'克罗伊登'一词显而易见原来拼写的是字母'i',后来被改成字母'y'了。这包裹是个男人寄的——字迹带有明显的男人的特征——此人受的教育有限,对克罗伊登镇也不熟悉。到目前为止,一切顺利!盒子是一个只有左下角有指印的半磅装甘露烟草盒子,里面装的是用来保存兽皮或其他粗制商品的粗盐。下面我们看看埋在盐里的这件奇怪的东西。"

他一面说,一面取出两只耳朵平摊在膝头上仔细观察。这时雷斯德和我各在一边弯下身子,时而望着这可怕的物件,时而望着我们同伴那张面色沉重的脸。最后,他又把两只耳朵放回盒子,坐在那里沉思了一会儿。

"你们也都看到了,"他最后说,"很显然这两只耳朵不是一对。""不错,我们注意到了。如果真是解剖室的学生们搞的恶作剧,那么他们是很容易挑两只不成对的耳朵配在一起的。""很正确,但这很显然不是一个恶作剧。""你可以肯定吗?""我认为不会是恶作剧。一般情况下解剖室里的尸体都注射过防腐剂,而这两只耳朵毫无这种迹象,而且这两只耳朵是用一种较钝的工具割下的并且十分新鲜。如果是学生干的,情况不会如此。还有,学医的人只会用石碳酸或蒸馏酒精进行防腐,不可能用粗盐。我再说一遍,这不是什

最后的致意

么恶作剧，我们是在侦察一桩严重的犯罪案件。"福尔摩斯严肃的话和他变得严肃的脸使我不由得打了一个寒战。这段冷酷的开场白好像使现场笼罩在一种奇异的难以说清的气氛之下。然而，雷斯德摇摇头，好像只是半信半疑。

"毫无疑问，恶作剧的提法是站不住脚的，"他说，"可是另外一种说法就更加不能成立了。我们了解到这个妇女在近二十年来一直在彭奇过着一种宁静、体面的生活。这段时间里，她几乎一天也没有离开过家。罪犯为什么偏要把犯罪的证据送给她呢？特别是，她同我们一样对此事毫无所知，否则她就是一个演技高超的演员。"

"这就是我们一定要着手处理的问题，"福尔摩斯回答道，"我想我要这样着手。我认为我的提法是对的，并且这是一桩双重的谋杀案。两只耳朵分属一男一女，原因是一只形状纤巧，穿过耳环，另一只则呈黑色，大而变了色，也穿了耳环。这两个人可能已经遇害，否则我们早就会听到有人被割了耳朵的消息了。今天是星期五，包裹是星期四上午寄出的。那么，这场谋杀可能发生在星期三或星期二甚至更早一些时候。如果这两个人已被谋杀，那么，不是谋害者把这谋杀的信号送给库欣小姐又是谁呢？我们可以这样设想，寄包裹的人就是我们要找的人。不过，他把包裹送给库欣小姐，其中必有道理。然而，道理何在呢？一定是告诉她，事情已经办完！或者是为了使她痛心。这样，她就应该知道这个人是谁。她知道吗？我怀疑。如果她知道，却为何又报警？如果她想包庇罪犯的话，完全可以对此事不露风声，那样就谁也查不出来。但是，如果她不想包庇他，她就会说出他的姓名。这就是需要我们去查明的症结所在。"他说话的声音一直高而急促，茫然地瞪着外面的花园篱笆，可是现在，他轻快地站了起来向屋里走去。

"我想向库欣小姐提几个问题。"他说。"那么，我就先走了，"雷斯德说，"我恰巧还有几件事要办，就不用再了解什么了，如果有事，你可以去警局找我。"

"我们上火车的时候，会顺路拜访你的。"福尔摩斯回答说。片刻之后，我们走进前屋时，那位外表冷淡的女士仍然静静地在绣她的椅套。我们走进屋时，她把椅套放到膝上，用她那双坦率的、询问的蓝眼睛看着我们。"先生，我深信，"她说，"这件事是一个误会，包裹原来就是想寄给我的，这一点我已经对苏格兰场的那位先生重申过多次，可是他总是一副不以为然的样子。据我所知，我在这个世界上没有仇家，到底是什么人要如此捉弄我呢？"

"我也在想这个问题，库欣小姐，"福尔摩斯一边说，一边在她旁边的椅子上坐了下来，"我想更可能的是……"他停住了，我不禁感到吃惊，只见他紧紧地盯住这位小姐的侧面。一刹那间，他的脸上显出惊奇和满意的神色，但当她抬起头探求他不语的原因时，他已经又恢复了原来平静而认真的神情。我仔细打量着她那光滑而灰白的头发，整洁的便帽，金色的小耳环和她那温和的面容，但是使我同伴激动的原因我却丝毫未察觉到。

"有一两个问题……"

"啊，您的问题已经令我十分厌烦！"库欣小姐显得不耐烦地说。"我想，你有两个妹妹。""你如何得知？""进屋的那一瞬间，我发现壁炉架上放着一张三位女士的合影照片。一位是你本人，另外两

最后的致意

位同你长得十分相像，你们之间的关系是无须多说的。""对，你说得对。她们是我的两个妹妹，萨拉和玛丽。""在我旁边还有一张照片，是你妹妹在利物浦拍的。合影的男子从服装上看可能是海轮上的工作人员，我看当时她还没结婚。"

"你的观察力真是敏锐得很。""这是我的职业。""唔，你说得很对。后来没过几天她就同布朗纳先生结婚了，拍照时他正在南美洲航线上工作。他如此爱她，以致不愿长期同她分开，于是就调到利物浦——伦敦这条航线的船上工作。"

"哦，可能是'征服者'号吧？""不是。我上次听说是在'五朔节'号。吉姆（即布朗纳）曾经来看过我一次，那时他在戒酒。后来他开了戒，一上岸就喝酒，喝一点酒就耍酒疯，嗨！自从他重犯酒瘾后，日子就每况愈下了。起初，他不跟我来往，接着跟萨拉吵嘴，现在不知为什么连玛丽也不给我们写信了，我们不知道他们的情况怎么样了。"

显而易见，库欣小姐谈到了一个极为敏感的话题，如大多数过单身生活的人一样，开始时她有些害羞，后来就变得滔滔不绝了。然后又把话题扯到了她原先的几个学医的学生房客身上，关于他们的情况，她谈了许久，还告诉我们他们的姓名，在什么医院工作。福尔摩斯聚精会神地听着，时而提出问题。

"关于你的第二个妹妹萨拉，"他说，"既然你们两位都是未婚妇女，我很奇怪你们为什么不住在一起。""哎呀！如果你了解萨拉的脾气，你就不会感到惊讶了。来到克罗伊登以后，我曾尝试过和她一起住，直到大约两个月前才不得不分手。我并不想说我的亲妹

妹半句坏话,可是她老爱多管闲事。这个萨拉很难侍候。""你说她跟你在利物浦的妹夫吵过架?"

"对,可是一段时间内他们曾是非常要好的朋友,她搬过去住原本是想多亲近他们一些。现在倒好,她对吉姆·布朗纳满腹牢骚。她在这儿住的最后半年里,除了叨咕他喝酒和爱耍各种手段外不说别的。我猜想,他发现她在多管闲事,就大骂了她一顿,这一下事情就开了头了。""谢谢你,库欣小姐,"福尔摩斯说完,站起来点了点头。"我想,你刚才说你妹妹是住在瓦林顿的新街,是不是?再见。正如你所讲的,你被一件同你无关的事情搞得烦恼不已,我对此感到不安。"

我们走出门外时,正好一辆马车驶过。福尔摩斯叫住了马车。

"到瓦林顿有多远?"福尔摩斯问。"只有半英里,先生。""很好。上车,华生,我们要趁热打铁。案情虽然不复杂,但与此有关的还有一两个极其重要的细节。车夫,到了电报局门口请暂停一下。"发了一封简短的电报后,福尔摩斯就一直靠在车座上,并且把帽子戴上以遮住射过来的阳光。车夫把马车停在一所住宅前面,这座房子和我们刚才离开的那座十分相似。我的同伴吩咐车夫等候着,他刚要举手叩门环,门就打开了。一位年轻的绅士出现在台阶上,他头戴一顶有光泽的帽子,一身黑衣使他显得较为严肃。

"库欣小姐在家吗?"福尔摩斯问。"萨拉·库欣小姐病得很厉害,"他说,"自从昨天起她的脑部就得了病,而且特别严重。作为她的医生,我不同意任何人同她见面。我建议你在十天后再来。"说完他戴上手套,关上门,向街头大步流星地走去。"好吧,不见就不

最后的致意

见。"福尔摩斯高兴地说。"或许她不能也不会告诉你多少事情。""我根本也没指望她能告诉我什么,我只想看看她。不过,我想此行的目的已经达到了。车夫,去吃午饭,最好到一家好一点的饭店去,然后再上警局拜访我们的朋友雷斯德。"

我们一起吃了一顿极其愉快的便餐,其间除了小提琴,福尔摩斯没谈什么。他兴高采烈地叙述他是怎样买到他那把斯特拉地瓦利斯提琴的。那把提琴至少值五百个畿尼,他花了五十五个先令就从托特纳姆宫廷路的一个犹太掮客手中买了下来。他从提琴又谈到帕格尼尼。我们在那里度过了一个钟头左右的时光,边喝着红葡萄酒,他边对我谈起这位杰出人物的桩桩趣闻轶事。下午已经过去,炎热的阳光已经变成了非常柔和的晚霞,此时我们来到警局。雷斯德站在门口等着我们。

"你的电报,福尔摩斯先生。"他说。

"哈,回电来了!"他打开电报看了一下,然后团成一团塞进口袋,"这就对了。"他说。"你发现什么啦?""一切都已水落石出!"

"什么!"雷斯德惊愕地望着他,"你不会在开玩笑吧?""这是一件令人震惊的案件,而且我想我现在已弄清各个细枝末节。""那么谁是罪犯呢?"福尔摩斯在他的一张名片后面随手写了几个字,扔给雷斯德。"这就是他的姓名,"他说,"你最快也要到明天晚上才能逮捕他。说到这个案件,我只希望你不要提到我,因为我只想介入那些在破案上尚有难度的案子。走吧,华生。"我们迈步向车站走去,留下了雷斯德。雷斯德满脸喜悦,仍在盯着福尔摩斯扔给他的那张纸片。

福尔摩斯探案全集

"这个案子,"当天晚上,我们在贝克街的住所里,一边抽着雪茄一边聊天,福尔摩斯说道,"正如你在撰述的《血字的研究》和《四签名》中所进行的侦查那样,我们不得不从结果出发推测原因。我已写信给雷斯德,让他为我们提供现在所需的详细情况,而这些情况只有在罪犯缉拿归案后才可得知。他做这种工作是安全可靠的,虽然他毫无逻辑思维能力,但他有哈巴狗一样的干劲。的确,也正是这种干劲,使他得以在苏格兰场身居高位。"

"这么说,这件案子尚未结束喽?"我问。"大体上已经告一段落了。我们已经知道这一罪恶事件的元凶是谁,虽然案中的一个受害者的情况我们尚无所知。当然,你开始有你自己的结论了。""我猜想,你是怀疑利物浦海轮的水手吉姆·布朗纳吧?""哦!岂止是怀疑。""可是,我看不出来什么别的,除了一些似有似无的线索外。"

"恰恰相反,这个案子的线索再清楚不过了。让我简单地来谈一下主要的步骤。你记得,我们接触这个案子的时候,心中完全没有任何怀疑。这往往是一个有利条件。我们没有形成一定的看法,只是去进行观察,并从观察中做出推断。首先,我们接触的是一位非常温和可敬的女士,她似乎无任何秘密可言,但后来我观察到姐妹三人的合影,我的心头立刻升起疑问:那只盒子是要寄给她们当中的一个。我把这个念头暂时放在一边,可以推翻它,也可以肯定它,都由我们自便。然后我们到花园里去,接下去便看到了黄纸盒子里的极其怪异的东西。

"绳是海轮上缝帆工人用的那一种,我当时还闻到一股海水的气

最后的致意

味。包裹是从一个码头寄出的,绳结的打法是水手们通常习惯的打法,别忘了水手中穿耳环的人多于陆地上工作的人。因此我坚信,这场悲剧中的全部男演员必须从海员中间去找寻。当查看包裹上的地址时,我发现上面写着寄给S.库欣小姐,缩写字母S既可代表老大也可代表老二萨拉。在这种情况下,我们的调查不得不完全从一个新的基础上开始。于是我登门拜访,想弄清这一点。当我正要向库欣小姐担保,说我相信这里面一定有误会时,你是否还记得,当我看见某种令我大为吃惊的东西时突然住了口,同时它使我们把目标缩小到了一定的查询范围。

"华生,你是医生,你应该知道,人的耳朵是千差万别的,这一点人体的任何其他部分都无可比拟。常理上说每个人的耳朵都有各自的特点。在去年的《人类学杂志》上,你可以看到我所写的关于这一问题的两篇短文。我以一个专家的眼光检查了纸盒里的两只耳朵,并仔细观察了这两只耳朵在解剖学上的特点。我仔细观察库欣小姐,发现她的耳朵同我检查过的那只女性耳朵极为相像,你可以想象我当时有多么惊愕了。这件事决非巧合。耳翼都很短,上耳的弯曲程度也都很大,内耳的旋转形状也很相似,从所有特征来看,可以说,那真像是同一只耳朵。

"我当然立即就知道这一发现极其重要。受害者是库欣小姐的血缘亲属这一点是明显的,可能她们还是很近的关系。我开始同她谈起她的家庭,你记得吧,她立即就把一些极有价值的详细情况告诉了我。首先,她妹妹的名字叫萨拉,她们不久前住在一起,所以包裹是寄给谁的就一清二楚了。其次,我们得知那个水手娶了老三,并且了解到他曾和萨拉交好，萨拉还曾去利物浦和布朗纳一家居住在一起。后来因争吵他们各奔东西，几个月来，他们断绝了一切联系，所以如果布朗纳要寄包裹给萨拉，当然按她的旧址寄去。

"现在，真相开始大白。我们已经知道有个水手，这个人富于感情，容易冲动——别忘了，为了和妻子在一起，他放弃了待遇优厚的差事——而且有时候嗜酒如命。我们完全可以相信，他的妻子已被谋害，还有一个男人——假定是一个海员——也同时被人杀害了。当然，这立刻就使人想到，这一罪行的动机就是妒忌。那么，为什么又把这个凶案的证据寄给萨拉·库欣小姐呢？或许是她在利物浦居住期间，曾经涉及这一悲剧事件的起因。你知道，这条航线的船只在贝尔法斯特、都柏林和沃特福德等地停泊。因此，假定作案的是布朗纳，作案后马上上了'五朔节'号，那么，贝尔法斯特则是他能够寄出他那个可怕的包裹的第一个码头。

"这期间，非常有可能有第二种答案，而且，虽然我认为这根本不可能，可是我决定在继续调查下去之前把它说清楚。也许有一个失恋的情人谋杀了布朗纳夫妇，那只男人的耳朵可能就是布朗纳的。这一点可以想象，虽然这一说法遭到许多人的强烈反对。所以我拍了个电报给我在利物浦警界办事的朋友阿尔加，请他去查明布朗纳太太是否在家，布朗纳是否已乘'五朔节'号走了。后来，我和你就去瓦林顿拜访萨拉小姐去了。首先，我急于想知道，这一家人耳朵相似的程度。至于她能否提供给我更重要的情报，我并不抱太大的希望。她肯定在前一天已经听说过这个案子，因为克罗伊登已经满城风雨，而且只有她一个人知道这个包裹是寄给谁的。如果她愿

最后的致意

意协助司法部门,她可能早已向警方报告。显然我们必须要见到她,于是我们就去了。我们发现有关包裹的消息给了她那么大的影响以至于她得了脑病。我们进一步得知,她了解这件事的全部情况,但同样清楚的是,我们必须等待一段时间才能得到她的帮助。

"然而,实际上我们并未得到她任何帮助,我们的谜底正在警局里等着我们,没有比这更明确的事情了,我已叫阿尔加把谜底送来。布朗纳太太的屋门已经紧闭三天多,邻居以为她去南方看亲戚去了。从轮船办事处已经查明,布朗纳已乘'五朔节'号出航。我推测:这艘轮船将在明晚到达泰晤士河,迟钝而果断的雷斯德是不会让我们白等一场的,他会抓到布朗纳的。"

歇洛克·福尔摩斯的希望没有落空。两天之后,他收到一大包信札,内装雷斯德探长的一封短信和一份打印文件,有好几页。

"雷斯德已把他抓住了,"福尔摩斯瞟了我一眼,说,"听听他说些什么,也许会满足你的好奇心。"

亲爱的福尔摩斯:

依照我们用以检验我们的推测所制定的计划(华生,这个"我们"说得很有意思,对吧?),我在昨日下午六时前往阿伯特码头走访了"五朔节"号轮船。该轮船属于利物浦、都柏林、伦敦轮船公司。经了解得知,该船有一名水手叫吉姆·布朗纳,船长不得不停止他的工作,因为在航行过程中他的举动异常。我来到他的舱位,看见他坐在一只箱子上,两手撑着脑袋,摇来晃去。此人身材魁梧,

脸刮得很干净,皮肤黝黑,有点像曾在冒牌洗衣店那件案子中帮助过我们的那个阿尔德里奇。他刚一知道我的来意,就跳了起来。我吹响警笛,唤来两名守候在角落里的水警,可是他好像很不在意,没有反抗,甘愿就范。我们把他连同他的箱子一起带到密室里,以为箱子里会有什么罪证,但那里一无所有,除了大多数水手都有的一把大尖刀。然而我们发觉,我们并不需要更多的证据,因为带到警局刚一审讯,他就立刻供认不讳。速记员照他的供词做了记录,打出了三份,一份随信奉上。事实证明此案未出我的预料,极其简单。阁下对于我所着手的案件调查给予了很多帮助,谨此致谢。

你的忠实朋友
G. 雷斯德上

"嗯!调查倒的确很简单,"福尔摩斯说道,"不过,我认为他并不是那样想的,特别是当他第一次邀请我们的时候。还是让我们来看吉姆·布朗纳自己是如何说的吧,这是罪犯在谢德威尔警察所向蒙特戈默里警长所作供词的完整记录。"

我无话可说,不,我还有话可说,我要统统说出来,即使你们可以把我绞死,也不可能不让我说话。你们打我一顿也可以。我告诉你,自从干了那件事后,我就从来没有睡着过。时常看见他们的脸在我面前晃动,有时候是他

最后的致意

的脸,更经常的是她的脸。他皱着眉头,像个黑人,而她的脸上老是带着惊恐的神色。嗨,这只白色的小羔羊,如果从一张以前总是充满柔情蜜意的脸上看到杀气腾腾的时候,她怎么能不吃惊呢?

但那是萨拉的过错,愿她在一个被她毁了的人的诅咒下不得翻身,让她的血在血管里变质!并非我要为自己洗刷。我知道我喝了酒就是一头野兽。但是,她会原谅我的,如果不是那个女人来到我家,她会和我亲密地在一起的,就像一根绳子套在一个轮子上那样。因为萨拉·库欣爱我——这是事情的根源——她爱我,但当她知道我对我妻子印在泥土上的脚印的爱都甚于爱她的整个肉体和灵魂时,她的全部爱情就变成了狠毒的仇恨。

她们是三姐妹。老大是个老实女人,老二是个魔鬼,老三是个天使。萨拉三十三岁。当我们成婚的时候玛丽二十九岁,我和玛丽的日子幸福得很,我觉得整个利物浦没有任何一个女人比得上我的妻子。后来,萨拉受邀请到我家住一个星期,后来又从一个星期延长到一个月。

当时我已经不喝酒了,还存有一点儿钱,生活过得十分美好。我的天哪,谁会想到竟弄成这样?做梦也没想到啊!

我经常回家过周末,要是赶上船等着装货,我一次就可以在家里住上一个星期,这样我就经常碰到我的姨姐萨拉。她瘦高的身材,皮肤稍微有点黑,性情暴躁,目光如火,动作敏捷,给人非常傲慢的感觉。可是,只要小玛丽在的时候，我对她从未起过丝毫念头。我发誓，上帝饶恕我吧。

有时她似乎特别喜欢与我单独在一起或者借故和我出去走走，但我从未想到居然会发生那种事情。直到那天晚上，我才知道她的居心。我从船上回家，我妻子不在家，可萨拉在。"玛丽呢？"我问。"啊，她去付账去啦。"我有点不耐烦，在房间里走来走去。"这么一会儿不见玛丽就心烦了，吉姆？"她说，"难道我就那么令人讨厌吗？我真感到非常悲哀。""这没什么，姑娘。"我说完，善意地向她伸出手，她立刻用滚烫的双手紧抓住我的手，我们互相盯着对方，从她眼中我读出了一个女人的全部渴望。不需要她说什么，也不需要我说什么。我皱了皱眉头，把手抽回。她一言不发地在我身边站了一会儿，然后用手轻轻抚摸我的肩膀。"好一个正人君子！"她说完，发出一声嘲弄的笑声，跑到屋外去了。

唉，从那以后，萨拉恨透了我。她是个报复心很强的女人。我真愚蠢，就这样让她跟我们住在一起，我真是个稀里糊涂的傻瓜。可是我没向玛丽吐露只言片语，因为我知道那样将会使她十分伤心。日子又同往常一样。过了一些时候，我发现玛丽有点儿变了。她以前是那样相信人，那样天真，可是现在她变得古怪，多疑。我到哪儿去过，我在干什么，我的信是谁写来的，我口袋里装了什么，诸如此类的莫名其妙的事，她都要问个一清二楚，而且无故地发脾气，我们开始不停地争吵。这真使我感到莫名其妙。现

最后的致意

在，萨拉避开我，可是她和玛丽却形影不离。我后来才明白，她是怎样去挑拨她，欺骗她，教唆她来和我作对。但是，我当时却像个瞎子一样毫无觉察，逐渐我开始破戒饮酒——如果玛丽像从前那样对待我，我是滴酒不沾的。这样玛丽她有足够理由讨厌我，我们之间的隔阂日益加深了。这时候又插进来一个阿利克·费拜恩，事情就更糟了。

刚开始的时候，他到我们家是看萨拉的，不久我们就相处得很融洽。不可否认，此人有一套讨人喜欢的本领。走到哪儿，哪儿就会有他的朋友。他是一个英俊时髦并且相当傲慢的小伙子，长着一头卷发。他跑遍了半个世界，见多识广，而且非常健谈。我不否认，他很风趣。像他这样一个举止斯文的海员，肯定在船上当过高级职员而不是一般水手。有一个月他在我们家进进出出，我从来没想到过他那温和而机智的外表下藏有恶意。终于有些事情使我产生了怀疑，从那天起我就再也没有平静过。

那也不过是一件小事。我偶然来到客厅，一进门时，我看见我妻子面露欣喜之色，可是等她弄清来人身份后，那神情立刻消失了，并似乎很失望似的转身离开。我很气愤。她大概是把我的脚步声误认为是阿利克·费拜恩的了，不会是别人。如果我当时发现了他，我早就把他宰了，因为我发起脾气疯劲十足。玛丽从我眼睛里看出了魔鬼般凶恶的目光，她立刻跑过来用两只手拉住我的衣袖。"别这样，吉姆，别这样！"她说。"萨拉在吗？"我问道。"在厨房。""萨拉,"我一边说一边冲进厨房,"再也不准费拜恩进我们家的门。""为什么?"她说。"因为这是我的命令,因为这是在我的家。""啊!"她说,"要是我的朋友不配进你的家,那我也不配啦。""你愿意怎么样都可以,"我说,"不过,要是费拜恩再出现在这里,我就把他的一只耳朵留给你做纪念。"我看她有些害怕我的脸色,一声没敢吱,当天晚上她就离开了我的家。

唔,到底是这个女人施展了什么魔法呢,还是她认为唆使我妻子去胡搞,就可以让我们反目成仇呢,到现在我也不知道。反正,她在距离我们家两条街的地方租了个房间,供水手宿用。费拜恩常常去那儿,玛丽也常偷偷去同他们一起喝茶。玛丽多长时间去一次,我不知道。有一次,我跟踪她,我闯进门去时,费拜恩跳后花园的墙跑了,像只吓破了胆的臭鼬鼠。我对我妻子发誓,如果我再看见她和他在一起,我就杀死她。我把她领回家,她一直哭哭啼啼,浑身发抖,脸白似纸。从那以后,我们之间再也没有丝毫爱情,我看得出她对我既恨又怕。一想起这些我就酗酒,她仍然十分看不起我。

呃,萨拉眼看在利物浦住不下去,就回去了。据我所知,她到克罗伊登和她姐姐同住去了。我家里还是一日不如一日地那么糟。后来,到了上个星期,我们家庭的末日到了。

事情是这样的:我们的"五朔节"号在外面航行了七

最后的致意

天。船上的一个大桶松开了,使一个横梁脱了节,我们只好进港停泊十二小时。我下船回家,希望给玛丽一个意外惊喜,同时希望她高兴。我这样想着,转入了我住的那条街道。正在这时候,一辆马车从旁边驶过。她就在马车里,坐在费拜恩身边,两个人有说有笑,根本没想到我这时正立在人行道上生气地瞪着他们。

请你们相信,从那会儿起,我就不能控制自己了。现在回忆起这件事来,真像一场噩梦。最近,我喝酒喝得厉害,这使我更加晕头转向。现在,在我脑袋里有个什么东西,像一把船员用的铁锤那样在敲打。可是那天上午,似乎整个尼亚加拉瀑布在我耳朵里轰鸣。

呃,我手拿着一根沉重的橡木手杖,眼睛喷火,悄悄地跟踪那辆马车。跑的时候我也学乖了,稍微在后面离远一点,这样我能看见他们,他们却看不见我。很快,他们到了火车站,售票处有很多人挤在那里。因此,虽然我离他们很近,他们却没有发现我。我发现他们买了去新布赖顿的车票,就也买了一张。我在隔他们三节车厢的后面坐着。车到站之后,他们开始沿着阅兵场走,我在不超过一百码的地方跟着。最后,我看见他们租了一只船,大概要去划船。那天天气很热,他们一定以为水上要凉快些。

看样子,他们真像是落到我手里了。空气中有点儿雾,几百码之外根本看不见什么。我租了一只小船,跟在他们后面,隐隐约约地能望见他们,两船的速度差不多,我要

是不赶上去,他们肯定离岸一英里了。雾气象一块幕布笼罩在我们四周,这周围就只有我们三个人。我的天呀,我永远不能忘掉当他们看见向他们渐渐靠近的小船里的人时,他们两个人的面目表情啊!她尖叫起来,而他则发狂似的骂起来,用桨戳我,因为他一定观察到我眼睛里布满了杀气。我躲开他的桨,用手杖回击,他的脑袋就像鸡蛋一样碎裂了。尽管我已经发了疯,大概也会饶过她,可是她却紧抱住他直喊,还叫他"阿利克"。我接着又是一下,她就在他旁边倒下了。当时,我像一头嗜血成性的野兽。我向上帝起誓,如果萨拉也在场,她也是同样的结局。我抽出刀子,并且——哎,算啦!我说够啦。每当想起如果萨拉知道因为她惹事生非而引起的后果时,我就充满一种野性的快乐。后来,我把两个尸体捆在船里面,打穿一块船板,直到船沉下去我才走开。我很清楚船老板一定以为他们在晨雾中迷失了方向,划出海去了。我稍加整理回到我的船上,没有人猜疑什么,当时,我就打好包裹准备给萨拉·库欣。第二天从贝尔法斯特寄出去了。

　　既然你们已经知道事实,可以用任何法律上的方式处置我,但我求你们千万不要用我已经受过的惩罚来惩罚我了。我不敢闭上眼睛,否则就会看见他们的两张脸,尤其是当看见我出现时那盯着我的眼睛。我杀死他们是干脆痛快的,而他们杀我是慢慢腾腾的。如果我再过一个那样的夜晚,在天亮之前,我将不是发疯就是死去。你不会把我

最后的致意

单独一个人关进牢房里吧,先生?可怜我,别这样,求你们对待我时想一下在你们曾经痛苦的日子里受到的对待,可怜可怜我吧。

"这是什么意思,华生?"福尔摩斯放下供词,极其严肃地说道,"这一系列的痛苦、暴力、恐惧,到底是为了何种目的?一定有种必然,否则,我们这个宇宙就是受偶然所支配的了,这是不可想象的。那么这种必然是什么呢?这是冥冥中存在的一个人的理智远远不能解答的大问题。"

福尔摩斯探案全集

红圈会

"啊，瓦伦太太，我看不出有什么特别的理由让你心烦，我的时间如此珍贵，怎么还能管这样的事呢！我真的还有其他的事要办。"歇洛克·福尔摩斯这样说着，转身去看他那册巨大的剪贴簿。他把一些最近的材料收在里面，而且编了索引。可是，房东太太是固执的，而且还具有女性的巧妙手段，她毫不退让。

"去年您就为我的一个房客办过一件事，"她说，"他就是费戴尔·霍布斯先生。"

"噢，对，对——事情很简单。"

"可他老是说个没完——说您一定会帮忙，先生，说您能够把没头没尾的事查得一清二楚。当我自己坠入谜团时我就想起他说过的话来了。我知道，只要您愿意，您是可以办到的。"

每逢受到恭维的时候，福尔摩斯都是极好说话的，并且当被诚恳地对待时，他也会尽力去主持公正。这两种原因促使他叹了一口气表示同意，他放下了手头的工作。

"好的，好的，瓦伦太太，那我们就谈谈吧。你不介意我吸烟吧？非常感谢。华生，请给我火柴。我知道，你的新房客总是不出房门，以至于你总看不到他，你因此担忧。那又如何呢？上帝保佑你，瓦伦太太，如果我做你的房客，你可能一连几个星期都看不到

最后的致意

我一次的。""那没错,先生,可是这次的情况不一样,它使我害怕,福尔摩斯先生,害怕得我不能安然入睡。只能听见他急促的脚步从一大早上到深夜来回走动,可是就是从来没见过他的人影——这我可受不了。我丈夫和我一样绷紧了神经,可是他成天在外面上班,我呢,我就躲不开了。他在干什么呢?除了那个小姑娘,屋子里就剩我和他了,我的神经快崩溃啦。"

福尔摩斯俯身向前,伸手抚着房东太太的肩膀。只要他需要,他几乎有催眠术一样的安慰人的力量,她那恐惧的目光镇定了,紧张的表情也缓和下来,恢复了常态。她在福尔摩斯指的那张椅子上坐了下来。

"如果要我办这样的事,我必须了解第一个细节。"他说,"别着急,回忆一下,最小的细节可能反映最大的问题。你是说,这个人是十天以前来的,付了你两个星期的住宿费和伙食费?""他问我要多少钱,先生。我说每周五十先令,是在顶楼一切设施齐全的小起居室和卧室。""还有呢?""他说:'如果你能按我的条件去做,我每周付五镑。'由于我先生收入微薄,钱对我来说可是十分重要的。他拿了一张十镑的钞票,当时就给了我。'如果你能答应我的条件,你可以在未来的长时期内每半个月得到同样的钱数,'他说,'否则,我就不能迁就你了。'"

"什么条件?""唔,先生,条件之一是他要拥有房门钥匙,这倒无可厚非;然后是他要求要有绝对自由,不得以任何借口去打扰他的生活。""这里面不会有什么名堂吧?""从道理上讲没有什么,可这又毫无理由。他已经住了十天,瓦伦先生、我还有那个小姑娘都没有见过他一

次。晚上、早上、中午，就听见他急促的脚步声来来回回地走动。除了第一个晚上以外，他从来没有出过房门。"

"哦，他在第一个晚上外出过？""是的，先生，很晚才回来——我们都睡了。他来的第一天就对我说过，他今天回来很晚，叫我不要给门上闩。我听见他回来时，已经过了半夜了。""那么吃饭呢？""他特别吩咐过，只能在他按铃后，我们才能把饭放在门外的一张椅子上，等他吃完再按铃，我们再从同一把椅子上把东西收走。如果他需要别的东西的话，就用铅字体写在一张纸上放在椅子上。"

"用铅字体写？""是的，先生，用铅笔写的铅字体，通常就一个词。我带来了一张给您看看——肥皂。这是另外一张——火柴。这是他在第一个早上留下的——《每日新闻》。我每天早上把报纸和早餐一起放在那儿。""天啊！华生，"福尔摩斯一边说，一边无比惊奇地仔细看着瓦伦太太递过来的几张大纸片，"这倒真有些出人意料。如果说深居简出，我可以接受，但为什么要用铅字体写字呢？为什么不随手写呢？而用写铅字体这种笨方法，这意味着什么呢，华生？"

"也许他想隐瞒自己的笔迹。""为什么呢？让房东太太看到他写的字，对于他来说有什么不方便吗？也可能是你说的那样。那么，还有，为什么写得如此简单呢？"

"我无法想象。"

"这真耐人寻味。写字的笔也不寻常，紫色的粗笔头。你看，写好之后，纸是从这儿撕开的，所以'肥皂'这个字里的'S'撕去了一部分。这能说明问题，对吧，华生？""说明行事小心谨慎吗？"

"丝毫不差。显而易见还会找到别的一些记号，指纹和其他一些

最后的致意

东西可以提供线索，来帮助我们查明这是个什么人。瓦伦太太，你说这个人是中等身材，黑黑的，有胡子。大概多大岁数？"

"挺年轻的，先生，不超过三十岁。"

"唔，没有更多的情况啦？"

"他的英语讲得非常流利，先生，但从他的口音里我听得出他是个外国人。"

"穿着讲究吗？""先生，他穿着一套有绅士派头的黑衣服，特别考究，但没有什么特别的。""他没说出他叫什么名字吗？""没有，先生。""他没有任何信件，也从未有人来找过他吗？""没有。""你，或者是那个小姑娘，一定在某个早上进过他的房间喽？""从未进去过，先生，一切都由他亲自打点。""哦？真奇怪。行李呢？""他随身没带什么别的，除了一个棕色大手提包。""唔，看来对我们有帮助的材料还不多。难道什么东西也没有从他的房间里带出来过——难道一样也没有？"房东太太立即从她的钱包里取出一个信封，又从信封里取出两根燃过的火柴和一个烟头。

"今天早上，他的盘子里放着这些东西，我特意带来，希望你能从中发现问题。"

福尔摩斯耸耸肩。

"这里面没有什么，"他说，"火柴当然是用来点香烟的，因为火柴根烧得只剩这么一点儿了，点一斗烟或是一支雪茄烧去了一半。可是，嗯，这个烟头倒有些奇怪。你说过，这位先生嘴唇上方和下巴都有胡子？""是的，先生。""这我就不明白了。我觉得，只有一点儿胡子没有的人才会把烟吸成这样。嘿，华生，要吸剩下这么短的烟头，就连你嘴上的那一点儿胡子也会被烧焦的。"

"也许他用烟嘴儿？"我提出我的观点。"不，不，烟头已经叼破了。瓦伦太太，我想房间里不会有两个人吧？""不可能，先生。因为他总是吃得很少，我还担心他吃这么一点，身体能行吗。"

"唔，我看我们还得多找一点儿线索。反正，你用不着有什么抱怨。他虽然有些不同寻常，但也不会给你惹麻烦。他出的钱很多，如果他要隐瞒什么，跟你也没有什么直接的关系。我们没有理由干涉别人的私事，除非我们有理由认为这事跟犯罪有关系。我既然插手该事就不能坐视不管，有新情况，请随时通知我，请相信，你可以得到我的帮助。""这里面有几点确实有趣，华生，"房东太太离开我们之后，他说，"也许这是一件小事，只不过是一个人的怪癖而已，但也可能比表面现象复杂得多。首先我想到有这样一种可能，现在居住的和租房间的根本不是同一个人。"

"你为什么会这样想？""呃，除了烟头之外，这位房客租下房间之后只出去过一次，而且就这一次，这难道不能说明什么吗？他回来的时候——或者说，某个人回来的时候——没有一个见证人在场。我们没有任何事实证明回来的和出去的是同一个人。另外，据说租房间的人英语相当好，而这一个却把'matches'写成了'match'，可以想象，这词是从字典中查出来的，因为字典里不给出复数形式，这种方式的目的在于掩盖房中的人可能不懂英语。对，华生，这些充分的理由证实有人顶替了瓦伦太太的房客。"

"什么目的呢？""啊！问题就在此处。有一个调查方法比较简单明了。"他说着拿出一本大书，书中都是他平时保存下来的伦敦各

最后的致意

家报纸的寻人广告栏。"天啊!"他翻阅着书页说道,"这真是一个充满呻吟、喊叫和废话的大合唱!一堆奇闻怪事的大杂烩!但这对于真正的猎人来说却是最宝贵的狩猎场!这个人一个人居住,写信给他就不免要使机密泄露,那么外界如何同他联系呢?显然是通过报上的广告,否则别无他法。好在我只需要注意一种报纸就可以了。这是最近两个星期《每日新闻》上的摘录:'王子滑冰俱乐部戴黑色羽毛围巾的女士'——这与我们无关。'吉米当然不会叫他母亲伤心的'——这也与我们无关。'这位在布里克斯顿的公共汽车上昏倒的女士'——她,我丝毫不感兴趣。'我的心每天都在渴望——'废话,华生,全是废话!啊,这一段有可能。你听:'耐心些。将会寻找到一种极为可靠的通信办法。目前,仍用此栏。G.'在瓦伦太太的房客住进两天后登出来的,似乎有点关系,这个奇怪的客人可能懂一点儿英语。看看,我们能不能再找到线索。有了,在这儿——三天之后的。'正做有效安排。耐心谨慎。乌云就会过去。G.'此后一个星期什么都没有。这里就说得很明显了:'障碍已经扫清,如有机会的话,请发信号,记住说定的暗号——一是A,二是B,以此类推。你很快会得到消息。G.'这是在昨天的报纸上的。今天的报上什么也没有。这一切与瓦伦太太那位房客的情况很合拍。华生,如果我们再等一等,我确信事情会有进一步的发展。"

果真这样,早晨我发现我的朋友脸上带着满意的笑容背朝着炉火站在炉边的地毯上。

"这个如何,华生?"他喊道,从桌上拿起报纸,"'红色带白石门面的高房子,三楼左面第二个窗口。天黑之后。G.'这够清楚了。

我想吃完早饭我们一定得去查访一下瓦伦太太的这位邻居。啊,瓦伦太太!今天早上你为我们带来了什么好消息呀?"我们的这位委托人气冲冲地跑进来,她在向我们表明事情已经有了新的重大发展。

"这件事得报警啦,福尔摩斯先生!"她嚷道,"我可再也不能忍受了,干脆让他走人吧!我本想直接告诉他,后来想还是听听你们的意见,我可再也不能忍耐这个人了,老头子挨了顿打,此时……"

"打了瓦伦先生吗?"

"反正对他可粗暴啦。"

"谁对他粗暴?"

"哎呀!我正想知道哇!我丈夫是托特那姆宫廷路摩顿—威莱公司的计时员,今天早上——要是他在七点钟前出门就好啦——他刚出门没走几步,后面跑出来两个人,用衣裳蒙上他的头后就押上路旁早已停在那儿的马车。马车跑了一个钟头后,有人打开车门,把他拖出车外。他躺在路上魂飞魄散,也没看清马车,后来慢慢起来,才知道是在汉普斯特德荒地。他是坐公共汽车回家的,这会儿还躺在沙发上。我就立刻到这儿来告诉你们这件事。"

"真有意思,"福尔摩斯说,"他看见那两个人的脸了吗?听见他们说话了吗?""没有,他被吓糊涂了。他只知道,他被抬起来,又被扔下去,都像变戏法一样。最少两个人干的,也没准是三个。"

"你认为这次袭击与你的房客有关?""哎,我们在这儿住了十五年,从未出现过这样的事。叫他走吧,钱无所谓。天黑以前,叫他离开我的房子。"

"等一等,瓦伦太太,别鲁莽。我开始感到这件事可能要比我起

最后的致意

初看到的情况严重得多。很显然,有某种潜在的危险在威胁着你的房客。也很明白,他的敌人潜伏在房子附近守候着他,在朦胧的晨光中错把你丈夫当成他,后来发现弄错了,就把瓦伦先生放了,要不是错抓人,那他们想做什么呢?我们只能推理。""那我该做什么,福尔摩斯先生?""我很想去拜访你的这位房客,瓦伦太太。""我不知道怎样能做到,除非你破门而入。每当我留下盘子下楼去的时候,才能听见他开锁的声音。""他总会把盘子拿进屋去的,我们可以躲在某个地方看他露面拿盘子。"房东太太想了一会儿。

"我记起来他房间对面有个放箱子的小房间。我去取一面镜子,如果你们躲在门后面或许可以……"

"太好了!"福尔摩斯说,"他什么时候吃午餐?"

"大约一点钟,先生。"

"华生和我会准时去。瓦伦太太,再见。"

我们来到瓦伦太太住宅的台阶上时,是十二点半。这是一幢坐落在大英博物馆东北面的一条窄路——奥美大街上的高大单薄的黄色砖房,虽然它接近街角,但从它那里可以望见霍伊大街和街上更加华丽的住宅。福尔摩斯指着一排公寓住宅中的一幢房屋笑了。房屋的设计式样难逃他精明的眼睛。

"瞧,华生!"他说,"'红色高房子,白石门面。'信号地点也符合。我们知道了地点,也知道了暗号,所以我的任务就简单得多了。那扇窗户上放着一块'出租'的牌子。这套空房显然是那伙人的出入之处。啊,瓦伦太太,你都准备好了吗?""我都打点好啦,我现在就带你们一起去。还有,把鞋放在楼下的楼梯平台上。"

她安排的藏身处和放镜子的地方都相当不错，我们坐在黑暗中可以清楚地看见对面的房门。我们还没有来得及安顿好，就听见远处响起了这位神秘邻居"叮当"的铃声。不久，房东太太手端着盘子上来了。她把盘子放在关着的房门旁边的一张椅子上，然后迈着沉重的步子离开了。我们蹲伏在角落里，眼睛盯着镜子。房东太太的脚步听不见后，忽然传来钥匙转动的声音，门把扭开了，两只纤细而白皙的手迅速伸出来把盘子从椅子上端走，不久，又把盘子放回原来的位置。我看见一张哀怨、美丽、惶恐的面孔在瞪视着放着箱子的房间的一丝门缝。然后，房门猛地关上，钥匙转动了一下，一切又都归于平静了。福尔摩斯拉了一下我的袖子，我们两人偷偷下了楼梯。

"我晚上再来，"福尔摩斯对房东太太说。"我想，华生，这件事我们还得回去商讨一下。"

"你看，我的推测是对的，"他坐在安乐椅里说道，"有人顶替了房客。但出乎意料的是居然是一个不一般的女人，华生。""她看见我们了。"

"嗯，她发现了某种情况，这是肯定的。事情的脉络已经很清楚，对不对？一对男女在伦敦避难，他们的防范之严足可说明危险之大，男人有急事要做，此期间想让女的绝对安全。问题挺复杂，不过他用来解决问题的办法也挺新颖，效果非常好，就连给她送饭的房东太太也不知道她的存在。现在很显然用铅体字书写不过是为了不让别人从笔迹上认出她是个女的。男的不能接近女的，否则就会引来敌人。他不能直接和她联系，于是便利用寻人广告栏。现在，

最后的致意

一切都很清楚了。"

"可是,原因是什么?""啊,对,华生——这是个严肃的实际问题!原因是什么?瓦伦太太的胡思乱想把事情扩大化了,并且我们的进程中出现了不利的一面:我完全可以肯定,这不是普通的爱情纠纷。你注意那个女人发现危险迹象时的脸色了吗?房东先生遭到袭击,显而易见是冲着这房客来的。惊恐和拼命保守秘密都足以证明这是一件生死攸关的大事。袭击瓦伦先生的事件表明对方也不知道一位女房客已经代替了男房客。这件事极其复杂离奇,华生。"

"为什么你要继续做下去呢?你想从中获得什么?""是呀,为什么呢?是为艺术自身吧,华生。当你看病的时候,我想你只会关心病情而不会想到出诊费吧?""那是为了充实知识和经验,福尔摩斯。""学无止境嘛,华生。课程一门接一门,精益求精。这件案子很有启发性。虽然它不能给我带来什么,但我们必须要把它查个水落石出。到天黑的时候,我们会发现我们的调查又有一些进展了。"

我们回到瓦伦太太的住处。这时,冬日的伦敦的黄昏更加朦胧,只有窗户上明亮的黄玻璃和来自煤气灯的昏暗的灯光才打破了灰色帷幕这死气沉沉的单调色彩。昏暗中又亮起一束暗淡的灯光,这是我们在寓所的一间黑乎乎的屋子里向外观察的时候所发现的。

"那里有人在走动,"福尔摩斯低声说,他那急切而瘦削的脸探向窗前,"他又出现了,我看见了他的身影,手里拿着蜡烛,他小心戒备地张望四周。现在他开始晃动灯光发信号了。一下,这肯定是A。华生,你也记一下,记完我们互相核对。你记的是几下?二十。我也是二十。二十是T。AT——又一个T。这肯定是第二个字的开

始。现在是——TENTA。停了。再没了吗？ATTENTA 没有意思啊。也许是两个词——ATTEN，TA，这也说明不了什么。要不然 T、A 分别是一个人的姓名的缩写。又开始了！ATTE——嗯，重复刚才的内容。奇怪，华生，很奇怪！他又停了！AT——嗯，第三次重复，三次都是 ATTENTA！他要重复多久？现在没了，他离开了窗口。华生，你看这是怎么一回事？"

"是密码联系，福尔摩斯。"

我的同伴忽然发出顿悟的笑声。"并不是太晦涩难懂的密码，华生，"他说，"对，是用的意大利文，A 代表信号发给的对象是一个女人。'当心！当心！当心！'怎么样，华生？""我猜想你说得十分正确。""毋庸置疑，这是一个紧急信号。重复了三次，就更急了。当心什么呢？等一等，他又到窗口来了。"我们再次看见一个人的模糊侧影蹲伏着。当信号再一次开始时，一点小火苗又在窗前来回摇晃了。信号比上次打得更快——快得几乎记不下来。

"帕里科洛——Pericolo——嗯，这意味着什么，华生？是'危险'对不对？对，真的，是一个危险信号。他又来了！PERI……啊，这究竟是……"

灯光信号突然断了，发光的方格窗消失了，第四层楼成了这幢大楼唯一的黑暗地带，其他各层的窗户都亮着灯，最后的危险警告突然停止，为什么？这个问题不约而同地出现在我们的脑海里，福尔摩斯从窗边蹲着的地方一下子站了起来。

"事情严重，华生，"他嚷道，"事态不妙！信号为什么就这样停止了？这件事我得跟警察厅取得联系——可是，时间来不及，我

最后的致意

走不开。""我去行吗?""我们必须对情况进行进一步了解,或许它可以有更清楚的解释。来,华生,我们一起去,看看有什么办法。"

当我们走上霍伊大街的时候,我转过头来看了一下我们刚离开的楼房。在顶楼的窗口,我隐隐约约看见,一个女人的投影,正紧张地呆望着外面的夜空,似乎紧张地等待着中断了的信号重新开始。在霍伊大街公寓的门道上,有一个围着围巾、穿着大衣的人正在栏杆上靠着。当门厅的灯光照在我们的脸上时,这个人大吃一惊。

"福尔摩斯!"他喊道。"噫,葛莱森!"我的同伴一面说道,一面和这位苏格兰场的警探握手。"这真是冤家路窄呀,哪阵风把你送到这儿来了?""我想,咱们一样,"葛莱森说,"我真难以想象你是怎么知道这件事的。""线有几根,头只一个。我在记录信号。""信号?""是啊,从那个窗口。信号发了一半停了,我们来调查是什么原因。既然你在这儿,这件事可以说万无一失,我想我们该走了。"

"等等!"葛莱森热情洋溢地说道,"说句公道话,福尔摩斯先生,只要有你,我每次办案子都感到十分踏实。他跑不了,这房子只有一个出口。""谁?""啊,福尔摩斯先生,这一次,我们可棋先一着了,你可得要让我们领先一次了。"他用手杖在地上重重地敲了一下,立刻从街那头,一个车夫手持马鞭从一辆四轮马车旁走了过来。"请让我把你介绍一下,"他对车夫说道,"这位是美国平克顿侦缉处的莱弗顿先生。"

"就是长岛山洞奇案的那位英雄吗?"福尔摩斯说,"久仰,久仰,先生。"这是个外表沉静却十分精明的美国青年,尖脸,胡子剃得光光的。听了福尔摩斯这番赞扬之词,不禁满面红云。"我是为生

活奔波,福尔摩斯先生,"他说,"如果我能抓住乔吉阿诺……""什么!红圈会的乔吉阿诺吗?""噢,他是欧洲风云人物,是吧?我们在美国也听到了他的事情。我们确定他是五十件谋杀案的主犯,可是我们无法将他缉拿归案。我从纽约就开始跟踪着他。整整一个星期在伦敦我都在他附近,就等时机成熟亲手把他抓起来。葛莱森先生和我一直追到这个大公寓,这里只有一个大门,他逃不了。他进去之后,从里面出来的只有三个人,但是我敢断定,他不在其中。"

"福尔摩斯先生谈到信号,"葛莱森说,"我猜同以往一样,你一定掌握了我们不了解的许多情况。"福尔摩斯把我们遇到的情况做了简要的介绍。这个美国人两手一拍,感到懊丧。

"他发现了我们啦!"他叫嚷道。"你为什么这么认为呢?""唉,事实不是如此吗?他在向他的同伙发信号——可能他有一伙人在伦敦。正像你说的那样想的,他突然告诉他们有危险,中断了信号。他在窗口如果不是察觉了街上的我们,就是意识到险情迫近。如果他想躲过险情,就必须马上采取行动。除了这些,还会有什么别的意思呢?你说呢,福尔摩斯先生?"

"所以我们要马上上去,亲自去查看查看。"

"可是,别忘了我们没有逮捕证。"

"他是在值得怀疑的情况下,在无人居住的屋子里;"葛莱森说,"目前,这就足矣。我们盯梢时,是想看看纽约方面是否可以协助我们拘留他。而现在,我可以负责逮捕他了。"

我们的官方侦探在智力方面虽然有些不足,但在勇气方面却十分可嘉,他要上楼抓那个亡命之徒了。他仍然是那样一副绝对沉着

最后的致意

而精明的神情。也就是这种精神,使他在苏格兰场官运亨通。那个平克顿来的人曾想赶在他的前面,可是葛莱森早已把他落在后面了。伦敦的警察对伦敦的危险事件享有优先处理权。四楼左边房间的门半开着,葛莱森把它拉开。里面寂静漆黑。我划了根火柴点亮葛莱森手中的灯。就在这一刻,灯光亮起时,我们不由大吃一惊。在没有铺地毯的地板上,有一条新鲜的血迹,血脚印一直通向一间内屋。内屋的门是关着的。葛莱森把门撞开,高举着灯,我们在他后面急切地向里面张望。

空屋正中在地板上躺着一个身材魁梧的人,他那修整得十分整齐的黝黑脸庞扭曲得十分吓人,他头上有一圈鲜红的血迹,双膝弯曲,两只手十分痛苦地摊开着。一把白把的刀子完全没入他又粗又黑的喉咙,这个人在遭到这致命的一击前,他一定像一头被斧子砍倒的牛一样早已被打倒了,身体右侧的地板上有一把可怕的两边开刃的牛角柄匕首,再旁边是一只黑色山羊皮手套。

"哎哟!这是乔吉阿诺!"美国侦探喊道,"这一回,有人领先于我们了。""蜡烛在窗台上,福尔摩斯先生,"葛莱森说,"哎,你在做什么?"福尔摩斯已经点上了蜡烛,并在窗前摇晃着。然后他向黑暗中探望着,吹熄蜡烛,扔到了地板上。"我认为这样做对我们有很大帮助,"他边说边走过来,站在那里沉思。这时两位侦探正在检查尸体。"你说过,曾有三个人从房子里出去,"他最后说道,"你看清楚了没有?"

"看得很清楚。"

"是否有个三十来岁的人,中等身材,黑皮肤,有胡子?"

"有。他是最后一个出来的。"

"我想，他就是你要找的人。我可以向你提供他的相貌特征，他还留下了一个很清晰的脚印，这对你应当是足够的了。"

"但是，福尔摩斯先生，伦敦有几百万人哪。""那么，我想最好还是让这位太太来给你们提供帮助。"听见这句话，我们都转过身去。只见一个非常美丽的高个子女人站在门道上——布卢姆斯伯利的神秘房客。她脸色苍白，神情极其忧郁地慢慢走过来，惊恐地看着地上那具尸体。

"他死啦！"她喃喃地说，"啊，我的上帝，你们把他杀死啦！"接着，我听见她忽然深深地吸了一口气，跳了起来，发出欢快的叫声。她在房间里转着圈地拍着手、跳舞，黑眼睛里露出极其兴奋的神情，嘴里不停地说着，听起来像优美的意大利语。这是一件多么惊奇的事情啊，一个美丽的女人目睹这样的场面却如此欢喜若狂。她忽然停下来，用一种疑问的眼光看着我们。"你们！你们是警察吧？是你们杀死了奎赛佩·乔吉阿诺，对吗？"

"我们是警察，夫人。"她向房间里四周的暗处扫了一眼。"那么，葛纳罗呢？"她问道。"他是我的丈夫，葛纳罗·卢卡，我是伊米丽娅·卢卡。我们两个都是从纽约来的。葛纳罗在哪儿？刚才是他在这个窗口叫我来的，我就立刻跑来了。""叫你来的人是我。"福尔摩斯说。"你！你怎么可能？""你们的密码并不复杂，夫人！欢迎你的光临。我知道，我只要打出'Vieni'的信号，你就会来的。"这位美貌的意大利女人惊恐万分地看着我的同伴。

"我不知道你是何以得知的，"她说，"奎赛佩·乔吉阿诺……

最后的致意

他是怎么……"她停了一下，然后脸上忽然显露出骄傲和喜悦的神色，"我现在明白了！是我的葛纳罗！我的无畏的、英俊的葛纳罗，是他保护我没有受到伤害，是他。他用他强劲有力的手杀死了这个魔鬼！啊，葛纳罗，你太好了！我为你骄傲。"

"唔，卢卡太太，"葛莱森说道，一只手毫无感情地拉着这位女士的衣袖，仿佛她是诺丁希尔的女流氓，"你是谁，你是干什么的，我都不太了解。不过据你所讲，情况仿佛很清楚了，你跟我们到厅里去一趟。"

"等一等，葛莱森，"福尔摩斯说，"我倒认为这位夫人可能正像我们急于知道事件真相一样急于想把真相告诉我们。夫人，你一定知道这个人是被你丈夫杀死的，为了这个，你丈夫会被逮捕审判的呀！你说的情况可以作证词。但是如果他做此事不是出于犯法的动机，而是为了查明某种情况，那么，你最好把全部经过如实告诉我们，或许对他有帮助。""既然乔吉阿诺死了，我们就没什么可怕的了。"这位女士说，"他是个魔鬼，世界上没有哪个法官会因为我丈夫杀死了他而惩办我丈夫的。"

"既然如此，"福尔摩斯说道，"我建议把房门锁起来，让这一切都像没动过一样。我们和这位女士一起到她的房间去。等我们听完了她要对我们说的一切之后，再决定怎么做。"半小时后，我们已经在卢卡太太那间小小的起居室里坐下来了。事件的结局，凑巧我们已经看见，她的叙述用的是英语，虽然快而流利，但不正规，为了方便起见，我不得不在语法上进行修改。

最后的致意

"我出生在那不勒斯附近的坡西利坡,"她说,"我的父亲是首席法官奥古斯托·巴雷理,他曾经在当地做过议员。葛纳罗在我父亲手下做事。我爱上了他,别的女人也一定会爱他,虽然他无钱无势,但英俊、充满活力——但我父亲不准我们结婚。四年前,我们一起出逃,变卖了首饰在巴里成了婚,并且后来去了美国。自那以后,我们一直居住在纽约。

"开头,我们运气不错。葛纳罗帮助了一位意大利先生——他在一个叫包厄里的地方把这位先生从几个暴徒手中救了出来,这样,我们就与这个叫提脱·卡斯塔洛蒂的有势力的人有了交情。他是卡斯塔洛蒂—赞姆巴大公司的主要合办人。这家公司是纽约的主要水果进口商。赞姆巴先生有病,我们新结识的朋友卡斯塔洛蒂掌管公司的大权。公司有三百多名雇用的职员。他在公司里给我丈夫找了个工作,而且叫他主管一个门市部,在各方面对我丈夫都非常好。卡斯塔洛蒂先生是个单身汉,我们敬爱他,把他看做我们的父亲,他也把葛纳罗当成他的儿子。我们很快在布鲁克林的一幢小房子里安了家,衣食无忧。没料到天有不测风云。

"一天晚上,葛纳罗下班回来的时候,带回一个从坡西利坡来的叫乔吉阿诺的同乡。这个人身材高大,你们可以验证,因为你们已经看到尸体了。他不但块头大,而且一切都很古怪,叫人害怕。他说话的声音像打雷。谈话的时候,我们的小屋里甚至没有足够的地方可以让他挥动巨大的手臂。他的思想、情绪都是强烈而奇怪的,他说起话来嗓门特别大,别人只能坐着乖乖地听他滔滔不绝地说。

福尔摩斯探案全集

他的眼睛一看着你，你就得听他摆布。他是个可怕的怪人。感谢上帝，他终于死啦！他一次又一次到我家来。可是我发现，葛纳罗和我一样不喜欢见到他，他一来，我丈夫就可怜兮兮地脸色发白，无精打采地听我们的客人对政治和社会问题无休止地胡言乱语。葛纳罗一言不发。我哩，我了解他如同了解我自己一样，我从他脸上发现了一种从来未有过的表情。起初，我以为是讨厌。后来，我慢慢知道了，不单纯是讨厌，还有惧怕——一种深沉的、隐蔽的恐惧。那天晚上——就是我看出他害怕的那个晚上——我抱着他，用爱情感化他，求他告诉我一切，为什么这个大个子竟能把他弄得像倒了大霉的样子。

"当他说完后，我的心如同掉进冰窟里。我可怜的丈夫在整个世界都跟他过不去的倒霉日子里，加入了那不勒斯的一个叫红圈会的团体组织，这个组织和老烧炭党是一个组织。这个组织的纪律可怕至极，一旦加入进去就休想出来。我们逃到美国的时候，葛纳罗以为他已经跟它再无联系了。一天晚上，他在街上碰见了乔吉阿诺，就是他在那不勒斯介绍葛纳罗加入那个团体的。在意大利南部，人们都叫他'死神'，因为他杀人不眨眼！他逃到纽约是为了躲避意大利警方。他在新定居的地方建立了这个恐怖组织的分支机构。葛纳罗把这一切都告诉了我，并且把他那天收到的一张通知给我看。那上面画了个红圈，通知告诉他要在某一天集会，他必须服从命令去参加。真是太糟糕了，但更糟的还在后面哩。我们小心地过了一段日子。乔吉阿诺经常在晚上来，来了就不停地说话，尽管他冲我丈

最后的致意

夫说话,两只野兽般凶猛的眼睛却总是在我身上乱转。有一天晚上,他原形毕露,我才明白那种所谓的爱情如同野兽的爱情一般。他来的时候,葛纳罗还没有回家。他逼进屋来,用他粗大的手抓住我,搂进他那像熊似的怀里,劈头盖脸地吻我,并且恳求我跟他走。正当我挣扎喊叫的时候,葛纳罗冲了进来。他打昏了葛纳罗,逃出屋去。从那以后他就再没有到我们家来了。就是那个晚上,我们成了冤家对头。

"几天以后开了会。葛纳罗回来后,脸色不妙,我知道要发生可怕的事了,但它比我想象得更糟。红圈会的资金是靠讹诈有钱的意大利人筹集的,如果他们不出钱,红圈会就以暴力相威胁。看样子,危险已经落到我们的亲密朋友和恩人卡斯塔洛蒂的头上了。他不惧威胁和恐吓,并且把恐吓信交给了警察。红圈会决定拿他开刀,杀一儆百。会上决定,用炸药把他和他的房子一起炸掉。谁去干,抽签决定。当葛纳罗把手伸进袋子去摸签的时候,他看见我们的仇敌在奸笑,毫无疑问这签事先被做了某种手脚,因为那个有代表杀人命令的红色圆圈的签落到了他的手里。他或者去害死自己最好的朋友,或者让他和我遭到他的同伙的报复。凡是他们害怕、恨的人,他们都要报复,不但伤害那些人本人,而且还要伤害那些人所爱的人。这是他们那恶魔般的规定的一部分。这种恐怖压在了我可怜的葛纳罗的头上,他忧虑不安,几乎都快被逼疯了。

"我们互相挽着胳膊坐了一整夜,共同应对我们面临的困境。原定第二天晚上动手,中午时分,我们夫妇就赶往伦敦,但没来得及

告诉我们的恩人说他有性命之忧,也没来得及告诉警察,以便保护他的生命安全。

"先生们,其余的,你们都已知道了。我们知道,我们的敌人如影相随。乔吉阿诺的报复自有他私下的原因,可是无论如何,他是个残酷、狡猾、顽固的家伙,意大利和美国到处都谈虎色变。如果说他的势力在什么时候得到了证实的话,那就是现在。利用少有的好天气,我亲爱的丈夫为我找到这个安身之所来确保我的安全。至于他自己,他也想摆脱他们,以便同美国和意大利的警方人员取得联系。我也不知道他在外面怎么样,全凭在一份报纸的寻人广告栏中得到一点消息。有一次我朝窗外张望,看见有两个意大利人在监视这个房子。我知道我们被乔吉阿诺发现了行踪。最后,葛纳罗通过报纸告诉我,他会从某一窗口向我发出信号。可是信号出现时,只是警告,没有别的,突然又中断了。现在我知道了,他一定知道乔吉阿诺已经盯上他了。感谢上帝!当这个家伙来的时候,他早有防备。先生们,现在我请问你们,从法律的角度看,我们有没有什么要担心的,葛纳罗是否会因自己的所作所为而被定罪?""呃,葛莱森先生,"那位美国人说,同时瞥了警官一眼,"我不知道你们英国的意见如何,不过我想,在纽约,这位太太的丈夫将会博得大众的尊重和感激。""她得跟我回局里,"葛莱森回答说,"如果她所谈的情况属实,我认为她和她丈夫不用有任何担心。但是,我摸不着头脑的是,福尔摩斯先生,你为什么也参与到这件案子里了?"

最后的致意

"增加我的知识和经验,葛莱森。好啦,华生,你的记录本上又添了一份凄惨而离奇的材料啦。对啦,还不到八点钟,今晚在考汶花园上演瓦格纳的歌剧,要是我们立刻出发,还能赶得上第二幕。"

布鲁斯帕廷顿计划

一八九五年十一月的第三周,伦敦一连几天浓雾迷漫,令人怀疑我们能否从贝克街的窗口看到对面房屋的轮廓。头一天福尔摩斯是在给他那册巨大的参考书编制索引中度过的,第二天和第三天他则耐心地研究他最近才爱好的一个题目——中世纪的音乐。可是到了第四天,我们用过早饭,把椅子放回桌下的位置后,看到阵阵湿漉漉的雾气飘来,在窗台上凝成一滴一滴的水珠的时候,我的同伴再也忍受不了这种无聊的生活了。他强压着急躁活泼的性子,在屋里来回走动,一会咬咬指甲,一会儿敲敲家具,对这种生活极其恼火。

"华生,报上难道没有什么有趣的新闻吗?"他问道。

我知道,福尔摩斯所谓的有趣的新闻,就是指犯罪方面的报道。报上有关于革命发生的新闻,有可能要打仗的新闻,还有即将改组政府的新闻。可是这些,我的同伴都漠不关心。我看到的犯罪报道,没有一件有意思的。福尔摩斯叹了口气,接着不停地来回踱步。"伦敦的罪犯真是无能,"他发着牢骚,如同一个在比赛中失意的运动员,"华生,你看外边,隐约看得见人影,在这种浓雾的天气里,罪犯可在伦敦四处游逛,就像老虎潜伏在丛林中一样,谁也别想看见。只有他向受害者猛扑过去时,受害者才能看清楚。"

最后的致意

"小偷还是不少的。"我说。福尔摩斯轻蔑地哼了一声。"这个阴沉的大舞台适合上演更惊悚的剧情,"他说,"这个社会应该感到幸运——我不是个罪犯。""真是这样!"我真心地说。"如果我是布鲁克斯或伍德豪斯,或者是那有充分理由要我的命的五十个人当中的任何一个,在我自己的追踪下,我又能逃多久?一张传票,一次假约会,就万事大吉了。幸亏那些充满暗杀的国家没有起雾的日子。哈!来了,我们的单调沉闷总算到头了。"女仆送来一封电报。福尔摩斯打开电报,不由得哈哈大笑起来。

"好啊,好啊!真是不错!"他说,"我哥哥麦克罗夫特就要来啦。""为什么以前不来?"我问道。"为什么以前不来?这就简直像是在一条乡间小路上遇见了电车。麦克罗夫特有他的轨道,他得在那些轨道上奔波。蓓尔美尔街他的寓所,第欧根尼俱乐部,白厅——那是他的活动圈子。他只来过这儿一次,这次又有什么事使他不得不来呢?""他没说吗?"

福尔摩斯把他哥哥的电报递给我。

  为卡多甘·韦斯特的事一定要见你。即来。

             麦克罗夫特

"卡多甘·韦斯特?我好像听说过。"
"我毫无印象,但麦克罗夫特突然前来,一定有不一般的事。啊哈,行星也会脱离轨道的!对啦,你了解我哥哥吗?"
我隐约记得一些,在办理"希腊译员"一案时曾听说过。

"你对我说过,他在政府里做个小差事。"福尔摩斯笑了起来,"那时候,我们还不熟,谈起国家大事,不能不谨慎一些。你说他在英国政府里工作,这不错;但你如果说他有时就是英国政府,在某种程度上说你讲的也不错。"

"福尔摩斯!""我早就知道你会吃惊的。麦克罗夫特是年薪四百五十英镑的小职员,无任何政治上的野心,不慕名利,但却是我们这个国家里最不可缺少的人。"

"那是怎么一回事?""唔,他凭借自己的能力取得了不一般的地位,这种事情亘古未有。他的头脑缜密而有条理,记忆力非凡,无人能及。同样的才能,我用来侦察推理破案,而他则用于那种特殊事物的处理上。每个部门做出的结论都送到他那里,他是中转站,一切都由他加以平衡。别人都是专家,而他的专长是无所不知。假定一位部长需要有关海军、印度、加拿大以及金银复本位制问题方面的情报,他可以从不同部门分别获取毫无关联的意见。可是,只有迈克罗夫特才能把这些意见汇总起来,可以立刻说出各要素之间如何互相关联。开始,他们把他作为使用方便的参谋人员,现在他已经成了不可缺少的关键人物了。在他的脑子里,样样事情都分类储存着,可以马上拿出来,他的话对国家政策至关重要。他就活在这样的生活里。除非我为了一两个小问题登门求教,他才将精神放松一下,别的事一概漠不关心。可是丘比特今天从天而降,这到底是什么意思?卡多甘·韦斯特是谁?他同麦克罗夫特又有什么关系?"

"我知道,"我叫道,迅速奔向沙发上的一堆报纸,"对,对,在这儿,肯定是他!卡多甘·韦斯特是个年轻人,他在星期二被发

最后的致意

现死在地下铁道。"福尔摩斯坐了起来,全神贯注,烟斗停在嘴边。

"事态一定很严重,华生。这样一个人之死竟然改变了我哥哥的平常生活,一定非同一般。究竟他们有什么关系呢?据我所知事情没有一点线索。那个青年显而易见是从火车上掉下去摔死的。他并没有遭到抢劫,也没有什么理由可以怀疑是暴力行为。是不是?""已经验过尸,"我说,"发现许多新情况。要是仔细推敲,我敢说这是一个离奇的案件。""从对我哥哥的影响来判断,我看这件事一定非同小可。"他舒服地蜷伏在他的扶手椅中。"华生,让我们一起研究这件事的发生过程。""这个人叫阿瑟·卡多甘·韦斯特,未婚,今年二十七岁,生前在乌尔威奇工厂工作。""政府雇员。瞧,同麦克罗夫特有关系了!""他在星期一晚上突然离开乌尔威奇,他的未婚妻魏奥蕾特·韦斯特伯莉小姐是最后见到他的人。他在大雾之夜的七点半忽然离开了她。他们之间并未发生争吵,她也不知道原因何在。后来,一个名叫梅森的铁路工人在伦敦地下铁道的阿尔盖特站外发现了他的尸体。"

"什么时间?"

"尸体在星期二早上六点发现,在离车站很近的地方,躺在铁道远处东向路轨的左侧,头骨碎裂,伤势十分严重,很可能是从车上摔下来的,那地方有个隧道。有一点可以肯定,他只能是摔在铁路上的,如果要把尸体从站外转移过来,是无法通过站台的,站台口总有检查人员。""不错,情况够明确了。这个人的死,不是从火车上摔下去的就是被人从车上抛下去的。这我清楚了,说下去吧。"

"尸体旁边的铁轨经过的火车是东去的列车,有的是市区火车,有的

来自威尔斯登和邻近的车站。可以肯定,这个遇难的年轻人是在那天晚上极晚的时候乘车向这个方向去的。不过,还无法断定他是在什么地方上的车。"

"车票,看车票准能知道。"

"他口袋里没有车票。"

"没有车票!哎呀,华生,这真是怪事。据我所知,不出示车票是进不了地铁月台的。假定他有车票,那么车票不见了是为了掩盖他在什么车站上的车吗?有可能。也许车票丢在车厢里了?也有可能。这一点很奇怪,很有趣。我想他没有被盗吧?"

"根据他的物品清单断定根本没有。钱包里有两镑十五先令,还有一本首都—州郡银行乌尔威奇分行的支票。根据这些东西,可以断定他的身份。还有乌尔威奇剧院的两张当天晚上的特座戏票,还有一小捆技术文件。"

福尔摩斯用充满满足的声调喊道:"华生,我终于明白啦!英国政府——乌尔威奇,兵工厂——技术文件——麦克罗夫特兄长,各环节都全了。不过,如果我没有听错,这是他自己来了。"

不久,麦克罗夫特·福尔摩斯高大的身躯走进房来。他长得结实魁梧,因此看上去显得有点笨重,可是眉宇之间显露出威严的神色,机警的眼睛透出深沉的光芒,唇间现出果敢,表情又是那样的敏锐,以至于无论谁看过他第一眼之后,都会忘掉那粗壮的身躯,而只记住他那出类拔萃的智慧。跟在他身后的,是我们的老朋友,苏格兰场的雷斯德——严肃而阴沉的面色预示着问题的严重。这位侦探在握手时一言不发。麦克罗夫特·福尔摩斯用力脱下外套,在一把靠

最后的致意

椅里坐了下来。

"这件事真令人大伤脑筋,歇洛克,"他说,"我最不喜欢改变我的习惯,可是不这样不行。照目前的情形看,我离开办公室已经非常糟糕了。可是,这是一个重要的事件,我从没见过首相这样坐卧不安,而海军部简直就像个倒了个儿的蜂窝,你知道这案子吗?"

"刚看过。技术文件是什么?""啊,这就是关键所在!幸亏没有曝光,否则报界会闹得一塌糊涂。这个倒霉的青年口袋里装的文件是布鲁斯帕廷顿潜水艇计划。"麦克罗夫特·福尔摩斯说话时的严肃表情说明这个问题极其重要,我和他弟弟一直听他说下去。

"你一定听说了吧?我想大家都听说了。"

"只听过这个名称。"

"它是如此重要,直接涉及政府严格要求遵守的机密。我可以告诉你们,在布鲁斯帕廷顿的效力范围以内,根本不可能进行海战。两年前,政府从预算中偷偷拨出一大笔款,用在这项专利发明上,并采取了一切措施加以防范。这项无比复杂的计划包括三十多个单项专利,每一个单项都是整体不可缺少的重要组成部分。计划存放在和兵工厂相邻的机密办公室内一个精心特制的保险柜里,办公室装有防盗门窗。在任何情况下,都不得把计划从办公室取走。即使海军的总技师要查阅计划,也必须到乌尔威奇办公室去。但我们却在一个死在伦敦中心区的小职员的口袋中发现了这些计划,官方认识到事态十分严重。"

"不过你们已经找回来啦?""没有,歇洛克,没有!关键就在这儿。我们还没有全找回来。从乌尔威奇取走了十份计划,卡多

甘·韦斯特口袋里只有七份，最重要的三份不见了——被盗失踪了。你必须把手头一切事情都推掉，歇洛克，别像以往那样为警厅那些鸡毛蒜皮的小事伤神了。你现在面对的是一个重大的国防问题。卡多甘·韦斯特为什么把文件拿走？丢失的文件在哪儿？他是怎么死的？尸体怎么会在那儿？怎样将损失挽回？只要查出真相，你就为国家做了大贡献。"

"你为何不亲自来解决，麦克罗夫特？我能看到的，你也能看到。""你说得不错，歇洛克，问题是要查明细节问题。如果你将细节告诉我，我就可以将一位专家的真知灼见在一把靠椅上一五一十地告诉你。那些四处奔跑询问和查看的工作不是我的事情。你是能够查清真相的，而且你的名字会出现在下一次的光荣名册上……"

我的朋友微笑着摇摇头。"我要做，也只是为了做而去做，"他说，"不过问题的确很有意思，我很乐意查明真相。请你再提供一些事实吧。"

"我在这张纸上记下了一些更重要的情况。还有几个地址，这你以后会用得着的。其中管理秘密文件的官员是政府的著名专家詹姆斯·瓦尔特爵士。在人名录中他的荣誉和头衔占了两行的位置，在业务上他十分老练，是一位出入上流社会、受人欢迎的绅士。此外，他的忠诚是不容任何疑问的。有两个人掌管保险柜的钥匙，其中一把就由他掌管。还有，在星期一下午三点以前，文件肯定是在办公室里的。詹姆斯爵士三点左右带着钥匙出发赶往伦敦，案发的当晚，他是在巴克莱广场的辛克莱海军上将家里。"

"这一点得到了证实吗?""是的。他的弟弟法伦廷·瓦尔特上校证实他离开了乌尔威奇,辛克莱海军上将证实他在伦敦。所以詹姆斯爵士已不再与这件事情有关。"

"另外一个有钥匙的人是谁呢?""悉德尼·约翰逊先生。他是一个四十岁的正科员兼绘图员,已婚,有五个孩子。他平时少言寡语。但总体来说,在公事方面他表现得相当出色,工作努力而且很少交际。据他自己声称,星期一他下班后整个晚上都在家里,钥匙一直挂在他的表链上,这些只得到了他妻子的证实。"

"让我们谈谈卡多甘·韦斯特吧。""他已为政府工作了十年,工作相当出色。他忠厚直率,但性情急躁,易冲动,对这些我们并不太介意。在办公室里,他的地位仅次于悉德尼·约翰逊。他的工作使他每天能够接触计划。再没有别的人涉及这些计划了。"

"那天晚上是谁存放计划的?"

"正科员悉得尼·约翰逊先生。"

"哦,既然如此,计划被谁拿走就一清二楚了。实际上,计划是在副科员卡多甘·韦斯特身上发现的。这不就完了吗?"

"是这样,歇洛克,但我对许多事还是一头雾水。首先,他为什么要把计划拿出去?"

"我想是因为计划值钱吧?"

"那他脱手就可以得到几千镑了。"

"除了拿到伦敦去交易,你能想象他还有什么别的动机吗?"

"不,我说不出来。"

"那么,就得把这一点当成我们破案的立足点。年轻的韦斯特把

最后的致意

文件拿走了，这要有一把复制的钥匙才行……"

"他需要几把复制的钥匙才可以，还有大楼和房门。"

"那么，他就得有几把复制的钥匙。他拿到伦敦去出卖机密，无疑是为了在第二天早晨再把计划放回原处以做到神不知鬼不觉。当他在伦敦进行这一叛国行径时却一命呜呼。"

"怎么说呢？"

"我们假设，他是在回乌尔威奇途中遭到毒手并从车厢中被推下去的。"

"尸首是在阿尔盖特被发现的。此处离通往伦敦桥的车站已有很长一段距离，他可能是从这条路去乌尔威奇的。""我们可以设想，他过伦敦桥时的情形或许有好多种。比如，他在车厢里同某一个人秘密接头，话不投机动起武来，他送了命；也可能是他想离开车厢，意外掉到车外的铁路上，雾很大，什么也看不见。""以我们目前掌握的情况来看也不会有更好的解释了。但是，歇洛克，你想一想，还有多少问题你忽略了。作为推测，我们不妨假设这个卡多甘·韦斯特早就打定主意要把这些计划带往伦敦。他一定是先和外国特务约定了，如果是我就一定想办法在那个晚上不让人起疑心，可事实并非如此。他是身揣两张戏票陪同未婚妻走到途中的情况下，忽然不见的。"

"胡说八道。"雷斯德说，由于一直在坐着听他们的谈话，他早已有些不耐烦了。

"很特别的一种想法，这是说不通的第一点。说不过去的第二点是，我们假定他到了伦敦，并且见到了某个外国间谍。他必须在早

上把文件送回原处,以防露出马脚。他取走了十份,但我们只见到了七份,其余的三份呢?他丢下那三份肯定不是出于自愿。那么,他叛国得到的钱又在哪里呢?在他口袋里总应该发现一大笔钱吧。"

"我看事情非常明显,"雷斯德说,"他要把计划作为交易,见到间谍后,因价格问题发生争执,他就回去了。但特务跟踪他,在火车上干掉了他,抢走了他身上的文件,把他推下火车。这不是非常显而易见的吗?""那他的车票呢?""有车票就会显示出间谍的住处离哪个车站最近,所以他拿走了被害者的车票。""好,雷斯德,很好,"福尔摩斯说,"你说的话也有道理。不过,果真如此的话,这案子就完结了。这里,叛国者已经死去;那边,布鲁斯帕廷顿潜水艇计划可能也已经到了欧洲大陆。我们没有什么可做的。""立即行动,歇洛克,立即行动!"麦克罗夫特喊道,一下子跳了起来,"我的第六感官使我不能同意这一解释。拿出你的看家本领!到作案现场去!寻访一下相关的人!想方设法地为你争得荣誉吧,这可是一次大好的为国效力的机会。"

"嗯,嗯!"福尔摩斯说着耸耸肩,"来,华生!还有你,雷斯德,能不能麻烦你陪我们一两个钟头?我们从阿尔盖特车站开始调查。再见,麦克罗夫特,我将会在傍晚以前给你一份报告,不过我有言在先,你不要抱太大希望。"一个小时之后,我们一行三人穿过隧道来到与阿尔盖特车站相交的地下铁路,一位谦恭的、面色红润的老先生代表铁路公司接待了我们。

"年轻人的尸体就是在这儿被发现的。"他说,指着离铁轨大约

最后的致意

三英尺的一处地方,"这里全是无门窗的墙,所以不可能是从上面摔下来的,只可能是从列车上,而这辆车是在周一大约午夜时分通过的。""车厢检查后有没有发现打斗过的痕迹?"

"没有,同时也未发现车票。"

"也未发现车门是打开的?"

"没有。"

"今天早上我们得到新的消息,"雷斯德说,"有一个旅客乘星期一晚上十一点四十分的普通地铁列车,要到阿尔盖特的时候,听见"咚"的一声,似乎是人摔在铁路上的声音,但雾太大什么也看不清。他当时没有报告。咦!福尔摩斯先生,您怎么啦?"我的朋友神色紧张地站在那儿,凝视着从隧道里弯曲地伸出来的铁轨。阿尔盖特是个枢纽站,有一个路闸网。他那急切而怀疑的两眼注视着路闸。我从他机警的脸上发现了我所熟悉的表情:双唇紧闭,鼻孔颤动,眉头紧锁。

"路闸,"他喃喃地说,"路闸。"

"什么路闸,你怎么了?"

"别的路线上是不是没有这么多路闸?"

"很少。"

"还有路轨的弯曲度。路闸,弯曲度。说真的!要是只有这些就好啦。"

"是什么,福尔摩斯?你发现苗头了?"

"一个想法,一种迹象,就这些。不过,案情更加耐人寻味了。出人意料,彻底地出人意料。怎么会不出人意料呢?我看不出路上

有任何血迹。"

"没有什么血迹。"

"可是我知道伤势很重。"

"外伤不重但骨头碎了。"

"应该会发现血迹的。我能否到那个在大雾中听见落地声音的旅客坐过的那列火车上查看一下?""恐怕不行了,福尔摩斯先生。列车已经拆散,车厢已经重新分挂到各路列车上去了。"

"我敢向你保证,福尔摩斯先生,"雷斯德说,"我亲自察看过每一节车厢,十分仔细。"我的朋友较明显的弱点是对那些反应不如他灵敏、智力不如他的人总是缺少一种耐心。

"那算了吧,"他说着转身走开,"从案发情况上看,我想察看的并不是车厢。华生,我们在这里能做的都已经做了。雷斯德先生,我们不再打扰你啦,我想我们该到乌尔威奇去看一看啦。"

到了伦敦桥,福尔摩斯给他哥哥写了一封电报。发走之前,我读了一下内容,上面写着:

> 黑暗中有一丝可能熄灭的光亮。此刻请派通讯员将已掌握的英国的全部外国间谍或国际特务的姓名及详细住址列单送到贝克街。
>
> 歇洛克

"这会有所帮助的,华生,"他说这话时我们已经在去乌尔威奇的列车的座位上了,"我的哥哥麦克罗夫特把这样一件极其奇怪的案

最后的致意

子委托给我们,我应该感激他。"

他脸上又流露出的紧张而精力饱满的表情表明:某种有探索性的新奇事件已经打开他一条令人兴奋的思路。就像一只猎犬,有时懒洋洋地躺在窝里,耷拉着耳朵,尾巴下垂;而现在,同是这只猎犬,却目光炯炯,浑身肌肉紧绷,正跟踪着气味浓烈的猎物前进。这就是福尔摩斯从今天上午以来发生的变化。几个小时前,他还穿着睡衣在雾气弥漫的房里不安地踱步,闲散无聊使他表现出一副有气无力的样子。对比之下,前后判若两人。"这里有材料,有探索的天地,"他说,"我真笨,竟没看出它提供了线索。"

"直到现在,我还是不明白。"

"事情经过我也弄不清,不过我现在有一个假设,它有可能让我们前进一步,那个青年可能是在别处死的,他的尸体可能是被放在一节车厢的顶上。"

"在车顶上!"

"奇怪吧,是不是?你仔细想一下。发现尸体的地方正好是列车开过路闸时颠簸摇晃的地方,这难道是一种自然的巧合吗?车顶上的东西难道没有可能在这个地方掉下来吗?路闸的摇晃是不会影响到车厢里的一切的。尸体要么是从车顶上掉下来的,要么就是非常奇妙的巧合。现在,想想血迹的问题吧,路轨上没有血是因为身体里的血流在别的什么地方了,每件事本身都是有启发性的。积累在一起,足能说明问题。""车票也是其中之一了!"我惊叹道。

"当然。我们找不到没有车票的原因,这样一来就可以得到解释了。它们都是相吻合的。""不过,即便如此,我们仍然没有揭开他

死亡的真相，事态的发展不但未变得简单，反而更加复杂了。""也许是这样，"福尔摩斯若有所思地说，"也许是这样。"他陷入沉思之中，直到这列慢车抵达乌尔威奇车站。他叫了一辆马车，从口袋里掏出那张麦克罗夫特留下的字条。

"今天下午，我们得去好几个地方，"他说，"我想，我们应该先去詹姆斯·瓦尔特爵士家吧。"这位著名官员的住宅是一幢漂亮的别墅，别墅前的草坪延伸到泰晤士河岸。我们抵达的时候，雾气已经逐渐地散开，从中射出一道微弱的、带着水汽的阳光。听见铃声后，有人出来开门。"詹姆斯爵士？先生！"他脸色严肃地说，"詹姆斯爵士今天早上已经去世了。""天哪！"福尔摩斯惊呼起来，"怎么死的？""先生，或许您愿意进来见见他的弟弟法伦廷上校吧？""好！见见最好。"

我们被带进一个光线暗淡的客厅。不久，一个五十岁左右、外表英俊、胡子很少的高个子来到我们面前。毫无疑问，他就是死去的那位科学家的弟弟。从他惶惑的眼神、没有洗净的面颊和蓬乱的头发可以看出，他遭到了一个突如其来的重大打击。他嗓音沙哑地谈起这件事。

"这真是一件可怕的丑闻，"他说，"我哥哥詹姆斯爵士自尊心非常强，发生这种事他心理上承受不了。他总是为他主管的那个部门的效率而自豪，这次对他可是一个致命的打击。"

"我们原以为他可以提供一些线索，帮助我们查明这件案子的。""我敢向你们打包票，此事对他同对我们大家一样是一个谜团。他已经把知道的所有情况都报告警方了。当然，毋庸置疑的是卡多

最后的致意

甘·韦斯特有罪。可是，其余的一切都太不可思议了。"

"你对此事有什么意见吗？""除我所看到听到的以外，我本人一无所知。我不想失礼，可是你可以了解，福尔摩斯先生，目前我们处境糟糕。所以，我只好请你们快点儿结束这次访问。""真没想到会有这样出乎意料的发展，"当我们重新坐上马车时，我的朋友说道，"我怀疑这不是自然死亡，也许这个老家伙自杀啦？如果是后者，是不是因为失职而自责的一种表示？这个问题以后再说吧。现在让我们去找卡多甘·韦斯特一家。"死者母亲居住在坐落在郊区的一所小巧而维护得不错的房子里。这位老太太因极度悲伤而神志不清，对我们几乎毫无帮助。不过她身边有一位脸色苍白的少女，自称是魏奥蕾特·韦斯特伯莉小姐，死者的未婚妻，她就是在他遇难的那天晚上最后一个见过他的人。

"我不知道这是怎么回事，福尔摩斯先生，"她说，"自从惨剧发生以来，我就没合过眼，白天晚上都在想呀，想呀，想这究竟是怎么回事。阿瑟是世界上头脑最单纯、最侠义、最爱国的人。他要是会出卖交付给他严密保管的国家机密，那他早就切断自己的右手了。凡是了解他的人，都觉得这十分荒谬，反常。"

"可是事实呢，韦斯特伯莉小姐？"

"对，对，我确实无法对其做出解释。"

"他缺钱吗？"

"不，他没有过多奢求，他的薪水又很高，他积蓄了几百英镑。我们正准备在新年结婚。"

"他是否有受过精神刺激的迹像？哦，韦斯特伯莉小姐，对我们

坦言吧。"她的脸色变得犹豫不决,我同伴敏锐的眼睛当然觉察到了这种变化。"是的,"她终于说了,"我觉得他好像心事重重。"

"已经很长时间了吗?""就是这个星期前后,他表现得非常忧虑、急躁。在一次追问下,他承认有麻烦,和他的公务有关系。'这对我来说太严重了,不能说,即使对你也不能说。'他说。其他的我就再也问不出什么来了。"福尔摩斯的脸色变得沉重了。

"说下去,韦斯特伯莉小姐。即使事情可能对他不利,也说下去。尽管我们也说不上会带来什么结果。"

"有一两次,他似乎准备告诉我些什么。一天晚上,谈到那秘密的重要性,我还记得他说过,外国间谍肯定会出大价钱的。"我朋友的脸色更加阴沉了。

"还有别的什么吗?"

"他说政府对这种事防范不严——叛国者要取得计划是很容易的。"

"这些话是近来才说的吗?"

"是的,就在最近。"

"现在谈谈那个最后的夜晚吧。"

"我们是上剧院去的。因为雾太大无法坐马车,我们只好步行去那儿。刚走到办公室附近时,他忽然蹿进雾里去了。"

"什么话也没说?"

"他当时惊叫了一声,就是这些。我等了很长时间,可是他再也没回来,后来我回家了。第二天早上办公室开门之后,他们就来查问了,后来我就听到了可怕的消息。啊,福尔摩斯先生,你要是能

最后的致意

挽回他的名声就好了,名声对他来说可是件大事。"福尔摩斯沉痛地摇摇头。

"走,华生,"他说,"我们得去文件被盗的办公室。""原来的情况就不利于这个年轻人,但我们查询的结果对他更加不利了,"他说话时马车已经缓缓走动了。"未来的婚事使他不择手段地弄到钱,他企图出卖国家机密。如果他把打算告诉她,就使她也成了叛国者的同谋,这真是太糟啦。""但是,福尔摩斯,她说他很爱国啊。再说他为什么要把这个姑娘撂在街上,跑去实施这一罪行呢?""说得对!肯定是有些牵强。不过,他们遇到的是难以应付的情况。"高级办事员悉德尼·约翰逊先生在办公室里接待了我们。我同伴的名片使他显得十分恭敬。他是一个身材偏瘦的中年人,面容憔悴,脸上有斑点,两只手因为紧张而一直不停地抽搐着。

"真糟糕,福尔摩斯先生,太糟糕啦!你听说主管人死了吗?"

"我们刚从他家里来。"

"这地方一团糟,三个人死了两个,文件也被盗了,谁都知道周一关门时,我们的办公室和其他政府部门的办公室一样是有效率的。天啊,真是可怕,谁能料到韦斯特会干出这种事来呢!"

"那么,你是肯定他有罪啦?"

"我看没有别的方法使他逃脱罪名,我信任他如同信任我自己一般。"

"星期一办公室是在几点钟关门的?"

"五点钟。"

"是你锁的?"

"我总是最后一个离开。"

"计划放在哪里?"

"保险柜里,是我亲自放进去的。"

"这屋子有没有看守人?"

"有,不过他还得看守另外几个部门。看守是一个诚实可靠的老兵。那天晚上,他没有发现什么,当然雾很大。"

"说不定卡多甘·韦斯特是打算在下班以后溜进来,他要拿到文件必须得有三把钥匙,对不对?"

"对,三把。外屋一把,办公室一把,保险柜一把。"

"只有詹姆斯·瓦尔特爵士和你才有这些钥匙吗?"

"我只有保险柜的钥匙,门的我没有。"

"詹姆斯爵士在工作上是一个有条有理的人吗?"

"我认为是的。这三把钥匙,就我所知,他是拴在同一个小环上的。我经常看见钥匙拴在小环上面。"

"他到伦敦去是带着这个小环去的?"

"他是这样说的。"

"你的钥匙从来不离身吗?"

"是的。"

"如果韦斯特是嫌疑犯,首先,他一定要有一把复制的钥匙,可我们在他身上没有发现;其次,如果这个办公室里有一名职员存心出卖计划,复制计划难道不比把计划原件拿走更简单些吗?""有效地复制计划,必须要有一定的技术知识才可以。""不过,我想詹姆斯爵士也好,你也好,韦斯特也好,都具有这种本领吧?""那当然,我们

最后的致意

都懂。可是，我请你别把我往这件事上拉，福尔摩斯先生。实际上，已经在韦斯特身上发现了计划原件，我们东猜西想毫无用处。"

"唔，他完全可以进行复制以确保没有闪失，这样他同样能够达到目的，他却偏要去冒险偷盗原件，真是令人费解。"

"是奇怪，复制没有问题——可是他这样做了。"

"每进行一次查询，就发现案情总是有些令人费解的地方。现在据我所知三份最重要的计划仍流失在外。"

"是的，是这样。"

"你能否告诉我，有谁掌握了这三份文件，不需要另外七份文件就可以建造一艘布鲁斯帕廷顿潜水艇了？"

"有关这一点我已经向海军部作了报告，但今天我又翻阅了一下图纸，是否这样我也不能完全肯定。双阀门自动调节孔的图样是在找回的七份文件之中的。除非他们发明出来，否则他们是不可能造出这种船的，当然也许他们会很快地越过这方面的障碍。"

"丢失的三份图纸是不是最重要的？"

"当然是。"

"我想，您是否允许我在这屋里看一看。我本来想问的问题，现在一个也记不清了。"他检查了保险柜的锁、房门，最后是窗户上的铁制窗叶。外面的草地引起了他的浓厚兴趣。窗外一丛月桂树的几根树枝看上去似乎有攀折过的痕迹，他用放大镜仔细检查，接着又检查了树下地上的几个模糊不清的痕迹。最后，他请约翰逊先生关上铁百叶窗，并指着叫我看，百叶窗正中间并不严实，如果有人在窗外窥视室内情况是可以看得一清二楚的。"耽误了三天，这些脚印

有点儿被破坏,但却能说明一些问题,或许什么也说明不了。好了,华生,我们的收获并不大,我估计乌尔威奇是不可能对我们有更大的帮助了,只有看看能不能在伦敦干得更好些。"

但乌尔威奇火车站之行使我们又多了一点收获。售票员胸有成竹地说,他见过卡多甘·韦斯特,他记得他——就在星期一晚上,他是坐八点一刻开往伦敦桥的那趟车去伦敦的。他是一个人,买了一张三等单程车票。他当时一副惊慌失措的样子,他抖得厉害,找给他的钱都拿不住,还是售票员帮他拿的。看来,韦斯特在七点半钟左右离开未婚妻之后,大概在八点一刻乘坐的火车。

"让我们重新想一下,华生,"福尔摩斯沉默了半小时之后说,"我想不出在我们两人共同侦查的案子中,有哪一件比这更棘手。每向前走一步,就又出现一个新的障碍。不过,我们显然已经取得了某些可喜的进展。

"我们在乌尔威奇进行的查询,大都是对年轻的卡多甘·韦斯特不利的。可是窗下的印迹让我产生了一个假想。譬如,假定他同某一外国间谍曾有关系。对这件事可能有过誓约,不许他说出去,但还是对他的思想产生了影响,他对未婚妻说过的话就表明了这一点。很好,我们现在假设当他和未婚妻一起去剧院的时候,他突然从雾中发现那个间谍向办公室方向走去。他本性急躁,立下决断,为了尽职而义无反顾。他跟踪着那个间谍来到窗前,看见有人盗窃文件,就去捉贼。这种说法可以解释为什么原件被拿走而不去复制了。这个外来人偷走了原件。到这里为止,这都是说得通的。"

"然后呢?""现在我们遇到困难了。在这种情况下,按理说年

最后的致意

轻的卡多甘·韦斯特首先就得去抓住那个坏蛋,同时报警。他没这么做是不是事出有因?拿走文件的是不是一名上级官员呢?那样就可以解释韦斯特的行为了。也许这个主管人借助浓雾甩掉了韦斯特,韦斯特便立刻去伦敦,赶到他住的地方去拦截他,当然前提是韦斯特知道他的住址。情况十分紧急,以至于他将未婚妻一个人丢在雾中,什么都没告诉她。假定的情况和放置在地铁车顶上、口袋里放着七份文件的韦斯特的尸体这两者之间,还有很大的距离。现在我的第六感官告诉我,应该从事情的另一个方面入手,双管齐下,现在如果麦克罗夫特把名单交给我们,就有可能找到线索。"

果然,贝克街有一封由政府通讯员加急送来的信。福尔摩斯看了一眼,把它递给了我。

能做出这种案件的角色不多,大多是无名鼠辈。值得一提的只有阿道尔夫·梅耶,住威斯敏斯特,乔治大街13号;路易斯·拉罗塞,住诺丁希尔,坎普敦大厦;雨果·奥伯斯坦,住肯辛顿,考费尔德花园13号。据说,后者于星期一在城里,现已离去。十分高兴你已有线索,内阁亟盼收到你的最后报告。最高当局的查询急件已到。切记,你的背后站着全国的警察。

麦克罗夫特

福尔摩斯微笑着说:"恐怕王后的全部人马也可能毫无用处。"他摊开伦敦大地图,弯下身着急地查看着。"好啦,好啦,"一会儿

他得意地喊叫道,"事情终于向有利于我们的方向发展了。喏,华生,我确信,我们最后一定会成功。"他突然高兴起来,拍拍我的肩膀,"我现在要出去,不过只是去侦查一番。你放心,没有我忠诚的伙伴和传记作者跟随,我是不会单独涉险的。你就留在这儿吧。大概过一两个小时我就能回来。万一耽搁了时间,你就拿出纸笔来,描写一下我们是如何拯救国家的。"

他的欢乐心情引起了我的共鸣,因为我知道,他情绪的急剧变化不会导致如此巨大的反差,除非那高兴是确实有其原因的。在十一月的这个漫长的黄昏,我始终都在等待着,焦急地盼望他回来。终于在九点钟刚过的时候,信差送来一封信:

请速来这儿,我在肯辛顿的格劳塞斯特路的哥尔多尼饭店,并随身携带铁撬棍、提灯、凿刀、手枪等物。

歇·福

带着这些东西穿过昏暗的雾气笼罩的街道,对于一个体面的公民来说真是妙不可言。我谨慎地把自己裹在大衣内,通过这些街道,驱车直奔约会地点。我的朋友正坐在这家豪华的意大利饭店门口附近的一张小圆桌旁。

"吃过了没有?来和我喝杯咖啡和柑橘酒,尝一支饭店老板的雪茄。这种雪茄不像人们所想象的那样有毒。工具带来了吗?""在这儿,在我的大衣里。""太好了。让我把做过的事和将要做的事,简单地和你介绍一下。华生,你现在知道,那个青年的尸体是被放在

最后的致意

车顶上的，当我肯定尸体是从车顶上而不是从车厢中摔下去的时候，这已经很清楚。"

"不可能是从桥上掉下去的吗？""我看不可能。如果你观察一下车顶，就会看到车顶中部略微凸起，四周没有栏杆。因此可以断定卡多甘·韦斯特的尸体是被放上去的。"

"是怎么被放上去的呢？""这就是我们要回答的问题。只有一种可能。你知道地铁在西区某几处是没有隧道的。我记得有一次乘地铁时，外面的窗口碰巧就在我头顶上面，假定有一列火车停在这样的窗口下面，把一个人放在车顶上，是不会有太大困难的。"

"好像不大可能吧。""我们只好相信那句古老的格言了：当别的一切可能都被排除，剩下的必然就是真的，不管它是多么不可能。当别的一切可能性都告吹的时候，我十分高兴地发现那个刚刚离开伦敦的首要国际特务就住在紧靠地铁的一个房子里。你对我突然发表的看法感到有些惊讶？""啊，是这样吗？""对，是这样。住在考费尔德花园13号的雨果·奥伯斯坦先生已经成为我的目标。我在格劳塞斯特车站查访，站上有位公务员给了我很大帮助。他陪我沿着铁轨走去，并且使我得以搞清楚了考费尔德花园的后楼窗户是向着铁路开的，而且更重要的是，由于那里是主干线之一的交叉点，地铁列车经常要在那个地点停站几分钟。"

"了不起，福尔摩斯！"

"只能说到目前为止——到目前为止，华生，我们又向目标靠近了一步。我已查看了考费尔德花园的前后，可那家伙早已溜掉了。这是一间没有摆设的非常大的住宅。据我判断，他是住在上面一层

的房间里。只有一个随从同奥伯斯坦住在一起,这个人可能是他的心腹。奥伯斯坦并未逃走,而是到欧洲大陆上销赃去了,因为没有人会以私人的身份光临他的住宅,他根本没有理由害怕。可是,这正是我们要做的事。"

"难道我们不能开一张传票,依照手续来办吗?"

"依靠我们现有的证据还不可以。"

"我们还要做什么呢?"

"我想检查一下他的屋子。"

"我不喜欢这样,福尔摩斯。"

"老兄,你在街上站岗,这件事由我来做,现在是不拘小节的时候。考虑一下麦克罗夫特、海军部和内阁以及那些对消息翘首以待的尊贵人士们吧。我不得不涉险。"

作为回答,我从桌边站了起来。

"你说得对,福尔摩斯,我们是得去。"

他也站起来握住我的手。

"我早知道你最终不会退缩的,"他说,一瞬间在他眼中闪耀着近乎温柔的目光。只一会儿,他又恢复了原来的样子,沉稳老练、严肃实际,"不用着急,将近半英里的路,我们走过去。"他说,"千万可别让工具掉出来,把你当做嫌疑犯抓起来,那就闯祸了。"

考费尔德花园这一排房子都有扁平的柱子和门廊,坐落在伦敦西区,是维多利亚中期的建筑模式。夜色里传来孩子们快乐的呼喊声和"叮咚"的钢琴声,看来隔壁的一家儿童们正在联欢,四周的浓雾掩盖了我们的身影。福尔摩斯点燃了提灯,灯光照在那扇厚实

最后的致意

的大门上。

"这是一件极其严肃的事情,"他说,"门不但锁上了而且上了闩。我们到地下室空地上去要容易一些。那一头有一个拱道,可以提防万一闯进来的过分热心的警察。我们互相帮助一下。"

不久我们走到地下室的门道。刚要走向暗处,突然,就听见雾中有警察的脚步声从我们顶上传来。等到轻轻的脚步声有节奏地离开后,福尔摩斯开始撬地下室的门。只见他弯着腰用力撬,"咔嚓"一声,门开了。跳进黑乎乎的过道后,福尔摩斯把门关上,他在前,我跟着东拐西转,不久就走上没有铺地毯的楼梯。他那盏发出黄光的小灯照在一个低矮的窗子上。"到了,华生——肯定是这一个。"他打开窗子,这时传来低沉刺耳的"吱吱"声,逐渐变成"轰轰"巨响,一列火车在黑暗中飞驰而过。福尔摩斯提着灯照着窗台,那里积落着来来往往机车开过时留下的一层厚厚的煤灰,但几处煤灰已经被抹去。

"这就是他们放尸体的地方。喂,华生!这是什么?没错,是血迹。"他指着窗框上的一片痕迹,"在这儿,楼梯石上也有。证据已经有了。我们在这儿等着列车停下。"

没有多久,下一趟列车如平时一样呼啸而来,驶到隧道外面逐渐慢了下来,然后刹住车"吱吱"作响,正好停在我们的下面。车厢离窗台不到四英尺。福尔摩斯轻轻关上了窗子。

"现在,我们的看法已被证实了。"他说,"你认为呢,华生?"

"一件杰作,了不起的杰作。"

"这一点我不能赞同。尸体是放在车顶上的——这一想法当然并

福尔摩斯探案全集

不太深奥——当我产生这一想法的时候,后来的一切就是不可避免的了。要不是因为案情重大,关于这一点也并无多大意义。我们面前还有困难。不过,或许我们能在这儿发现一些对我们有用的东西。"我们登上厨房的楼梯,然后走进二楼的一套房间。一间是陈设简朴的餐室,没有什么引人注目的东西;第二间是空荡荡的卧室;我和我的同伴在最后一间停了下来,希望有所发现。显而易见这是一间书房,到处都是书本和报纸。福尔摩斯快速而有条不紊地把每个抽屉、每只小橱里的东西逐一翻查,但是看来没有成功的希望。过了一个小时,他仍然脸色紧绷,因为他的搜索毫无进展。

"这个狡猾的家伙把他的踪迹掩盖起来了,"他说,"凡是与之相关的犯罪嫌疑物一件都没有,有关系的信件不是销毁了,就是转移了。我们再没机会了。"在书桌上放着一个装现金的小铁匣子,福尔摩斯用凿刀撬开它,里面几卷纸上是一些图案和计算数字,不知道说的是什么。"水压"、"每平方英寸压力"等字眼反复出现,这说明同潜水艇可能有些关系。福尔摩斯极其烦躁地把它扔在一旁,匣子里还剩下一个信封和几张从报纸上剪下来的纸片。他取出来,一看到他那急切的神情,我就马上知道他的希望又增加了。

"瞧,这是什么,华生?你看,报纸登载的几则代邮。从印刷和纸张看,是《每日电讯报》的寻人广告栏,在报纸右上角。没有日期——但是代邮本身有编号。这一段一定是开头:

  望尽快得到消息。条件讲妥。按名片地址详告。

皮洛特

最后的致意

第二则：

　　复杂难叙，需作详尽报告，接头时即给东西。

　　　　　　　　　　　　　　　皮洛特

接着是：

　　情况紧急。要价必须收回，除非合同已定。望函约，广告为凭。

　　　　　　　　　　　　　　　皮洛特

最后一则：

　　周一晚九时后，敲门两声，皆为自己人，不必猜疑。交货后即付硬币。

　　　　　　　　　　　　　　　皮洛特

"记录很完整，先生！如果我们能从另一头找到这个人就好了！"他手指敲打着桌子陷入了沉思，后来，他跳起来。

"啊，或许没有什么困难的。这儿没有什么事做了，华生，我想我们还是去找《每日电讯报》帮帮忙，顺便结束我们这一天的辛苦工作吧。"

麦克罗夫特·福尔摩斯和雷斯德在第二天早饭后按约前来。歇

洛克·福尔摩斯告诉了他们我们头一天的行动。这位职业警官对我们向他坦白的夜间行为不断摇头。

"我们警察是不能这样做的，福尔摩斯先生，"他说，"怪不得你取得了我们无法获得的成就呢。不过如果你以后继续这样做，无疑是为你们自己寻找不必要的麻烦。"

"为了英国，为了和平——嗯，对吧，华生？我们甘愿做国家祭坛上的供品，麦克罗夫特，你又是怎么想的呢？"

"太好啦，歇洛克！令人钦佩！不过，你预备怎么做呢？"

福尔摩斯拿起桌上的《每日电讯报》。

"今天皮洛特发广告了没有？"

"什么？又有广告？"

"对，就在这儿。"

> 今晚同时同地点，敲两下。极为重要。与你本人安全密切相关。
>
> 皮洛特

"真的！"雷斯德叫了起来，"他要是回话，我们早就逮住他了！""起初我也是这样想的。如果二位有空的话，请随我到考费尔德花园走一趟，八点钟左右，大概我们会得到进一步的解释。"

歇洛克·福尔摩斯的最伟大之处在于他能使自己的大脑暂停活动。一旦他觉得自己的工作一时难以收效时，就能把一切心思都投入到令人放松的事情上。我记得，在那难忘的一天里，他一味埋头

最后的致意

撰写关于拉苏斯的和音赞美诗的专题文章。至于我自己,则没他那么超脱,这一天对我来说显得特别漫长。这个问题对我们国家关系之重大,最高当局的担心,我们准备进行的追捕的结果如何——都混在一起,刺激着我的神经。直到饭后,我才松了一口气。终于,我们上路去探险了。雷斯德和麦克罗夫特按约定在格劳塞斯特路车站外等候我们,虽然在头一天晚上奥伯斯坦的地下室的门已经被我们撬开,但由于尊贵的麦克罗夫特·福尔摩斯不愿在栏杆上爬来爬去,只好由我先进去打开大厅正门。九点钟左右,我们已经在书房里恭候我们的客人了。一个钟头,又过了一个钟头,子时来临,大教堂的钟声仿佛在为我们的期望大唱哀歌地有节奏地响着。雷斯德和麦克罗夫特坐在那里焦急不安,一分钟看两次表。福尔摩斯冷静地坐在那儿一声不吭,微闭双目,但十分警觉,突然他转过头。

"来了。"他说。

我们听见门外传来一阵脚步声,轻轻地走过门前又走了回来,然后门环在门上重重地击了两下。福尔摩斯站起来,做个手势,暗示我们坐在原处。他打开外门,黑影偷偷走过他身旁,他关上门,顺手闩上。"这边来!"他说。过了一会儿,我们的客人到了我们面前,福尔摩斯紧随其后。当这个人发现情形不对一声惊叫转身要跑时,被福尔摩斯一把抓住衣领推进屋里。还没等他从惊慌中恢复过来,门已关上。福尔摩斯背靠门站着。这个人瞪着眼四下张望着,终于摇摇晃晃地倒在地上失去了知觉。惊慌中他的宽边帽掉了下来,领带松开,露出长长的浅色胡子和清秀英俊的脸孔——是法伦廷·瓦尔特上校。

福尔摩斯惊奇地嘘了一声。"我真是一只蠢驴,华生,"他说,"我们要找的可不是这个家伙。""这是谁?"麦克罗夫特急切地问。"潜水艇局局长、已故詹姆斯·瓦尔特爵士的弟弟。对,对,我知道了,他一定会来。最好让我来查问。"

我们把这个软瘫成一团的家伙抬到沙发上。此时他坐了起来,神情慌张地向四周打量,然后用手摸摸自己的额头,似乎不信任他自己的知觉似的。

"发生了什么事?"他问道,"我是来拜访奥伯斯坦先生的。"

"一切都清楚了,瓦尔特上校。"福尔摩斯说,"真出乎我的意料,一位英国上等人竟做出这种事。你同奥伯斯坦的交往和关系已经被我们掌握了。如果你信任我们,要坦白和悔过,因为我们要从你口中得知一些细节问题,希望你不要错过这个机会。"这个家伙长吁了口气,用双手捂住了脸。我们等着,可是他沉默不语。

"我可以跟你明说,"福尔摩斯说,"有关本案的每个重大情节我们都已掌握。我们知道你急着用钱,你复制了你哥哥掌管的钥匙,并与奥伯斯坦勾搭上了,他通过《每日电讯报》的广告栏给你回信。周一晚上你冒着大雾去办公室,但年轻的卡多甘·韦斯特发现了你,他跟踪了你,或者他对你早有疑心。他看见你盗窃文件,但他不能报警,因为你可能是把文件拿到伦敦去给你哥哥的。他撇下未婚妻,如一个好公民该做的那样,在后面跟踪你,一直到了这个地方。他对你的事进行了干预。瓦尔特上校,你的罪名除了背叛祖国之外,还有更为可怕的谋杀罪。"

"没有!没有!我向上帝发誓,我没有!"这个令人可憎可叹的

最后的致意

罪犯嚷道。"告诉我们，你们怎么害死韦斯特又把他放在车厢顶上的？""我说，我发誓除了韦斯特之死都是我做的。你们刚才说得都对，我急需用钱，因为我要还股票交易所的债。奥伯斯坦出价五千镑，这笔钱可使我免于遭到破产。至于谋杀，我和你们一样，是清白无辜的。""后来呢？"

"韦斯特对我早有怀疑，他像你们说的那样跟着我。我到了这个门口才发现他，因为雾太大了，三码以外什么也看不清。我按约定敲了两下门，奥伯斯坦就来到门口。韦斯特冲上来，质问我们要文件做什么。奥伯斯坦有一件护身武器，当韦斯特跟着我们冲进屋来时，奥伯斯坦用它猛击了他的头部，这一击要了他的命。不到五分钟他就死了。我们不知道如何处置他，奥伯斯坦想到了停在后窗下面的列车或许可解燃眉之急。不过，他首先查看了我带来的文件。他让我把重要的三份给他。'不能给你，'我说，'如果不送回去，乌尔威奇会闹翻天的。''一定得给我，'他说，'因为技术性很强，立刻复制是不可能的事。'我说：'那么，今天晚上一定要全部还回去。'他想了一会儿后说有办法了。'我拿这三份，'他说，'其余的放进这个年轻人的口袋里。等他的尸体被人发现，这事就算他干的啦。'由于别无他法我只好同意。我们在窗前等了半个钟头，列车才停下来。雾是如此之大，因此把韦斯特的尸体放到车顶上根本没人看见，对我们来说不费吹灰之力，和我相关的事就只有这些。"

"你哥哥呢？""有一次我拿他的钥匙被他发现了，我想他一定怀疑我，从他的眼神中我发现了这一点。像你所知道的那样，他觉得无颜见人了。"房间里一片寂静。最后，麦克罗夫特·福尔摩斯打

破了沉默,"你可以想办法挽救,这样才能减轻你良心上的不安,也许可能减轻对你的惩罚。"

"我怎么挽救?""奥伯斯坦带着文件去哪儿?""不知道。""他没留地址给你吗?""他说只要把信寄到巴黎罗雷饭店就行了。""想不想挽救,完全在于你。"福尔摩斯说。"只要我能做的事,我都十分愿意去做。他毁了我,使我身败名裂,我十分讨厌这个家伙。"

"这是笔,这是纸,坐到桌边来。我口授,你写,把地址写上。对,现在就写。

亲爱的先生:

有关我们的交易,现在你无疑已发现,尚缺一重要分图,我有一份复印图可使其完善。但此事已经给我带来了意外的麻烦,因此你必须再加五百镑。邮汇不可靠,我除黄金或英镑外什么都不要。本想出国找你,但此刻出国会引致怀疑。故望于周六中午来查林十字饭店吸烟室相会。切记,只要黄金或英镑。

这很好。这一回要是抓不到我们所要的人,那才怪呢。"

果真不错!这是一段历史——一个国家的秘史。这段刺激、有趣的历史是这个国家的公开大事记无法相比的。奥伯斯坦急于求成,被诱入网,束手就擒,在英国被判刑十五年。在他的皮箱中发现了价值高昂的布鲁斯帕廷顿计划。他打算在欧洲和海军中心公开贩卖。

瓦尔特上校在判决后的第二年年底死于狱中,而福尔摩斯又兴

最后的致意

致勃勃地开始埋头于拉苏斯的和音赞美诗了。他的文章出版之后，在小范围内流传，据专家说，它是这方面的权威作品。几周后，我凑巧得知我的朋友在温莎度过了一天的美好时光，并带回一枚极其漂亮的绿宝石领带别针饰品。我问他从哪儿弄到的，他说是某位热情的贵妇送给他的礼物，他曾有幸替这位贵妇略尽绵薄之力。别的，他什么都没有说。不过我想，我能够猜中这位贵妇的闺名，并且毫不怀疑地肯定这枚宝石别针将使我的朋友永远不会忘记有关布鲁斯帕廷顿计划的那段离奇而惊险的故事。

临终的侦探

哈德森太太是歇洛克·福尔摩斯的女房东,她长期以来吃了不少苦头。她的耐心受到了严重的考验,因为她二楼的房客奇特而不受人欢迎,生活也是没有规律、极其怪异的。他邋遢得令人无法相信:喜欢在奇怪的钟点听音乐;经常在室内练习枪法;总进行古怪的时常发出异味的科学实验;在他周围还充满暴力和危险的气氛,这些可能使他成为全伦敦最糟的房客。可是,他出的房钱却相当高。实际上,我和福尔摩斯在一起住的那几年,他所付的租金足可以买下这座住宅了。

房东太太极其害怕他,从来不敢去干涉他,无论他的举动多么令人难以容忍,她也喜欢他,因为他对待妇女非常彬彬有礼。他不喜欢也不信任女性,可是他一直是骑士气概的反对者。由于我知道她是真心地关心着他,所以房东太太在我婚后的第二年,来到我家告诉我他悲惨、可怜的困境时,我认真地听了她所讲述的事。

"他快要死啦,华生医生。"她说,"他病了已经三天了,恐怕今天有生命危险。他不许我去请医生。今天早上,我看他颧骨凸出,大眼睛瞪着我,我再也无法忍受啦。'不管你愿不愿意,福尔摩斯先生,我这就去叫医生来。'我说。'那就叫华生来吧。'他说。不能再浪费时间了,先生,要不,你就见不到他了。"

最后的致意

我吓了一大跳,因为我可从未听说他生病的事。我二话没说,赶忙穿衣戴帽。一路上,我叫她告诉我详细情况。

"要说的不是很多,先生,他一直在洛塞海特河边的一条小胡同里研究一种什么病,回来后就染上了这种病,自从周三下午躺到床上后,三天不吃不喝,也一直没走动过。"

"天哪!你怎么不请医生?"

"他不让,先生。你知道他的蛮横劲儿,我不敢不服从他。他在这世上没有多少时间了。你一看到他,你就会明白的。"他的样子的确凄惨。这是有雾的十一月,在昏暗的光线下,小小的病房阴沉沉的。但使我不寒而栗的是病床上那张消瘦而干瘪的脸,因为发烧两颊绯红,嘴唇上结了一层黑皮,双眼红红地盯着我,床单上的两只手不停地抽搐,犹如受到了某种牵引力一样,声音嘶哑而且急切。我走进房间时,他正有气无力地躺在床上。看见我,眼里显露出一种神色,我明白,他认出了我。

"唉,华生,看来我们不幸的日子来啦。"他说话的声音微弱,但还是带着原有的满不在乎的味道。"我亲爱的伙伴!"我一边喊一边向他走过去。"离开!快离开!"他说道。那种紧张的神态使我想起了以前那些危险的时刻。"别走近我,华生,否则你出去。""为什么?""因为,我要这样。不够吗?"哈德森太太说得对极了,他比以往任何时候都更专横无礼,可看着他精疲力竭的样子又让人十分心疼。

"我只是想帮帮你。"我解释道。

"对极了,你对我最好的帮助就是你听我的话。"

"当然,福尔摩斯。"

他那严厉的脸色这才有所缓和。

"你没生我的气吧?"他喘着气问我。

可怜的人哪,他躺在床上受这么多的罪,我何来的气呢?

"我这样做是为了你好,华生。"他嘶哑着声音说道。

"为了我?"

"我知道我的病,我害了从苏门答腊传来的一种苦力病,这种病,荷兰人比我们了解,虽然他们至今也束手无策。只有一点是肯定的,这是一种致命的疾病,非常容易传染。"他像发高烧似的有气无力地说着,两只大手一边抽搐一边挥动着,叫我走开。"走近了会被传染,华生——对,接触。你站远些就没事了。""天哪,福尔摩斯!你以为这样说就能一下子拦住我吗?即使陌生人也拦不住我,你以为这样对我,我就不顾老朋友的情分了吗?"我又向前走了几步,但是他喝住了我,显然是生气了。"我对你说,除非你不走近我,否则,你就离开这房间。"

我极为尊敬福尔摩斯的崇高品质,即使在不了解的情况下,我也听他的话。可是,现在我的职业本能激发了我的勇气。别的事,我可以听他的,在这病房里,他得受我支配。

"福尔摩斯,"我说,"你病得太严重了,生病的人就应该像孩子一样听话,不管你是否愿意,我都要给你看病以便对症下药。"他的眼睛恶狠狠地盯着我。"如果非要请医生,最低限度也要请我相信的医生。""这么说,你信不过我?""我当然信得过你的友情,但是事实上你只是一名普通的医生,经验有限,资格不高,这些话本不

最后的致意

该说,可是你逼得我没有别的办法。"这话重重地伤害了我。

"这话与你的性格不符,福尔摩斯。你的话清楚地表明了你的精神状态。我也不勉强你,要是你信不过我的话,我去请贾斯帕·密克爵士或者彭洛斯·费舍或者其他伦敦最好的医生。无论如何,你总得请个医生。如果你认为,我可以站在这儿见死不救,也不去请别的医生来帮助你,那你就看错你的朋友啦。"

"我知道你是出于一片好心,华生,"他既像呻吟又似呜咽地说道:"你真是无知!请问,你了解达巴奴里热病吗?你知道福摩萨黑色败血症吗?""没听说过。"

"华生,在东方有很多疾病问题,有很多奇怪的病理学现象。"他说一句停顿一下,以积聚他那微弱的力气,"最近我做了一些关于医学犯罪方面的研究,从中学到不少知识,我的病也是在研究过程中得的,你对此无能为力。"

"或许如此。不过,我知道爱因斯特里博士现在就在伦敦。他是当今热带病权威之一。不要再拒绝啦,福尔摩斯,我这就去请他来。"我毅然转身向门口走去。我从未这样惊讶过!病人像只老虎一样从床上一跃而起将我拦住,我听见钥匙和锁孔接触发出"咔嗒"一声,不一会儿,病人又摇摇摆摆地回到床上。经过这一番情绪波动和剧烈动作,他显然消耗了大量体力,精疲力尽,躺在床上气喘吁吁。

"我手中的钥匙你是夺不走的。华生,我留住你,你是我的朋友,我不想让你走,你就别想走。可是,我会顺你的心的。(这些话都是喘着说的,每说完一句就拼命地吸气。)我非常理解你现在是为

了我好。你可以自便，可是请给我时间，让我恢复体力。现在，华生，现在不行。现在是四点钟，到六点钟，我让你走。"

"你简直疯了，福尔摩斯。""就两个小时，华生。我答应让你六点走，愿意等吗？""看来我毫无选择了。""是的，华生。谢谢你，我整理被褥不需要你帮助，请你离远一点。华生，如果你想帮助我，我还有个条件，你可以去找人为我看病，但不能是你说过的那个人，而是从我指定的人中去寻找帮助。""完全可以。""你进入房间以来，'完全可以'这四个字是你说出来的第一句通情达理的话。华生，书在那儿，我没有劲儿了。当一组电池的电都输入一个非导体，我不知道这组电池会有什么样的感觉。六点，华生，我们再谈。"

但是，在六点钟未到之前我们就说话了，而这次的情况使我像看到他跳到门前那一次一样大吃一惊。我站着望了一会儿病床上沉默的身躯，他的脸几乎被被子完全遮住，似乎已经睡着了。我根本无心看书，就在房里慢慢地踱步，随便看了看墙上贴着的有名罪犯的照片。我漫无目的地来回走着，最后来到壁炉台前。台上零乱地放着烟斗、烟丝袋、注射器、小刀、手枪子弹，还有其他一些乱七八糟的东西。这堆东西里有一个黑白两色的象牙小盒，盒上有一个活动的小盖。这个小玩意儿看着很精致，我伸手去取，准备仔细看看，这时，他突然发出一声令人恐怖的喊叫，在街上也能听清，这叫声让我毛骨悚然，浑身凉透。我转过头来，一张抽搐的脸和两只惊恐的眼睛映入我的眼帘，我手里拿着这个小盒站在那儿呆若木鸡。

"放下！快放下，华生——叫你立刻放下！"他的头躺回到枕头上，直到我把小盒放回壁炉台上，他才长长地喘了一口气。"我讨厌

最后的致意

别人碰我的东西,华生。我讨厌,这你是知道的。你让我无法忍受,你简直要把病人赶到避难所去了。坐下,老兄,我要休息!"

这件事给我留下极不愉快的印象。起初是粗暴野蛮和无缘无故的冲动,然后是说话无礼,与平时的和蔼态度有天壤之别,同时也表明他的大脑是多么的混乱。在一切灾祸中数高贵的头脑被毁最令人痛惜。我情绪低沉,一声不吭地坐着,一直等到超过了规定的时间。我一直看着钟,他好像也一直在看着钟,因为刚过六点,他同往常一样兴致勃勃地开始说话了。

"现在,华生,"他说,"你有零钱吗?"

"有。"

"银币呢?"

"很多。"

"半个克朗的有多少?"

"五个。"

"啊,太少啦!太少啦!真不幸,华生!虽然不多,你还是把它放到表袋里去,其余的钱放到你左边的裤子口袋里。谢谢你,这样你就可以保持平衡了。"简直是一派胡言。他颤抖起来,又发出既像咳嗽又像呜咽的声音。

"现在你把煤气灯点燃,华生,但要小心,只能点上一半。谢谢!这太好了!不,你不用拉起百叶窗。请你把信和报纸放在这张桌子上,我够得着就行。谢谢你。然后再将壁炉上乱七八糟的东西拿一些过来。好极了,华生!那上面有一个夹方糖的夹子,请你用夹子把那个你喜欢的象牙小盒夹起来,放到这边的报纸里面。好!

现在,你可以到夏伯克大街 13 号去请柯费顿·史密斯了。"

说心里话,我已经不想去请医生了,因为可怜的福尔摩斯这么神志不清,如果我离开他恐怕有危险,但是现在他却要我请他所要求请的那个人。急迫的心情就跟他刚才不许我去请医生时的固执的态度一样。"这个名字我闻所未闻。"我说。

"可能如此,我的好华生。要是我告诉了你,你会吃惊的,治这种病的内行并不是一位医生,而是一个种植园主。柯费顿·史密斯先生是苏门答腊的知名人士,现在正在伦敦访问。一种疫病出现在他的种植园中,由于缺少医疗条件,他不得不自己进行研究,居然取得了具有极大影响的成果。他这个人非常讲究条理,我叫你六点钟之前不要去,是因为我知道你在他书房里是找不到他的。如果他能被你请来以他独有的方法来解决我所面临的困难——他对这种病的研究已经成为他的最大嗜好——我不怀疑他会帮助我的。"

福尔摩斯的话听起来是连贯的、完整的,但却时常被喘息声所打断,有时他双手又抓又捏。在我与之相处的几个小时中他是每况愈下了,深陷的黑眼窝里射出的眼光更加吓人,额头上冷汗不断,热病斑点更加明显。但是,他说话时的那种自在的风度依旧。即使到了奄奄一息的时候,他仍然是一个支配者。"把我此时的情况详细告诉他,"他说,"你要表达出你心里对我现在状况的印象——生命垂危,神志不清。真的,我想不出,为什么整个海滩不是一整块丰产的牡蛎。啊,我迷糊啦!多奇怪,脑子要由脑子来控制!我在说什么,华生?""叫我去请柯费顿·史密斯先生。"

"啊,对,我记得。我的命全掌握在他手中了,去求他,因为我

最后的致意

们之间互相没有什么好感。他有个侄子死得很惨——我曾疑心这里面有什么不可告人的勾当,史密斯恨透了我。你要去说动他的心,华生。你要想尽办法把他弄来,只有他能救我了!"

"那我干脆把他拽上马车好了。""这可不行,你要说服他来,然后你在他来之前赶回来,记住,随便什么借口都行,千万不要和他一起来。华生,你不会让我失望的,是吧?肯定有某种东西在限制生物的繁殖。华生,你和我都已尽了本分。哎呀,这个世界会不会被繁殖过多的牡蛎淹没呢?不会,不会,可怕呀!你一定要表达出心中的一切。"我听任他像个疯子一样胡言乱语,喋喋不休,他把钥匙交给我时我太高兴了,快速地接过钥匙,否则他就会把自己锁在里面。哈德森太太在过道里等待着,祈祷着,饮泣着。我走过套间时还听得见福尔摩斯胡乱叫喊的尖细嗓音。到了楼下,我正要叫马车时,一个人从雾中走过来。

"先生,福尔摩斯先生怎么样啦?"他问道。原来是老相识——身穿花呢便衣的苏格兰场的莫顿警长。"他生命垂危。"我回答。他以一种非常奇怪的神色看着我。如果我没看错,我觉得灯光下看到的是他满脸喜悦的神情。

"我听到一些关于他生病的谣传。"他说。我叫的马车来了,我离开了他。夏伯克街在诺廷希尔和肯辛顿交界的地方。这一带房子很好,界限却不明显。马车在一座体面而严肃的住宅前停下,老式的铁栏杆,双扇大门以及上面闪亮的铜件显得十分气派。一个满脸严肃的管事出现了,身后射来与这一切都相协调的淡红色的灯光。

"柯费顿·史密斯先生在里面,你是华生医生!很好,先生,请

福尔摩斯探案全集

允许我把你的名片交给他。"我是个默默无闻的角色,是不会引起柯费顿·史密斯先生的注意的。通过半开着的房门,传来嗓门特高、暴躁刺耳的声音。"他是谁?他想干什么?斯泰帕尔,我跟你说过多少次了,我在搞研究时不许外人打扰!"管事轻声细语地在解释。

"哦,我不见他,斯泰帕尔。我的工作可不能中断。告诉他,我不在家。要是非见我不可,就叫他早上来。"

我面前浮现出福尔摩斯正在病床上辗转不安的样子,他正在一分钟一分钟地数着,等待我去帮助他。现在不是拘泥于小节的时候,他的生命在慢慢地耗尽。在管事还在对主人抱歉不已,还未来得及出来传达主人的口信时,我已经闯进屋子里了。一个人从火边的一把靠椅上站起来,在愤怒的叫声中,我看见一张满脸横肉的淡黄色的脸,肥大的双下巴,毛茸茸的茶色眉毛下面露出一双阴险的眼睛。他脸上油腻得很,一顶天鹅绒式的吸烟小帽故做时髦地斜压在光秃秃的脑门上的红色卷发上。他脑袋很大,可是当我低头一看,不觉大吃一惊,这个人的身躯矮小,双肩和后背佝佝着,似乎小时候得过佝偻病。

"怎么回事?"他高声尖叫着,"这样闯进我家是什么意思?我不是传话给你,叫你明天早上来吗?""对不起,"我说,"事情十分紧急,歇洛克·福尔摩斯先生……"看来我朋友的名字对这个矮个子产生了不同寻常的影响。愤怒的表情从他脸上立即消失,取而代之的是紧张和警惕。"你是从福尔摩斯那儿来的?"他问道。"是的。""福尔摩斯怎么样?他好吗?""他快死啦。我就是为这来的。"他指给我一把椅子,他也在自己的靠椅上坐下。就在这时候,我从

最后的致意

壁炉墙上的一面镜子里瞥见了他的脸。我敢发誓,一丝恶毒而阴险的笑容展现在他脸上,他显得有些神经紧张。一小会儿,在他转身看我的时候,他脸上显露出真诚关怀的表情。

"我听到这个消息感到非常遗憾,"他说,"我们之间是通过几笔生意认识的,不过我极其看重他的性格和才华。他喜好研究犯罪学,我喜好研究病理学。他抓坏蛋,我杀病菌。这就是我的监狱,"说着他用手指向一个小桌子上的一排排瓶瓶罐罐,"在这里培养的胶质中,就有世界上最凶恶的犯罪分子正在服刑哩。"

"正因为你独特的知识,福尔摩斯对你评价很高,他认为在伦敦,只有你才能救他。"

这个矮小的人愣住了,那顶时髦的吸烟帽竟然滑到地上去了。

"为什么?"他问道:"为什么福尔摩斯认为我可以帮他解决困难?"

"因为你懂得东方的疾病。"

"他怎么知道他染上的病是东方的疾病呢?"

"因为,他在码头上进行案件调查时和印度水手一起工作过。"柯费顿·史密斯先生高兴地笑了,捡起了他的吸烟帽。"哦,是这样……呃?"他说,"我认为这事未必像你想得那么严重。他病了多久啦?""大约三天了。""神志不清吗?""时而昏迷,时而清醒。""啧!啧!这么说很严重。如果我不答应他的要求去看他,是很不近人情的;可我又极其不情愿中断我的研究。不过,华生医生,这件事有些特别,我立刻就和你去。"

我想起临行前福尔摩斯的嘱咐。

"非常抱歉,我另外还有别的事。"我说。

"很好，我一个人去，我有福尔摩斯先生的住址。你放心，我在半小时之内一定赶到那里。"

我胆战心惊地回到福尔摩斯的卧室，我怕他的境况恶化。这一段时间里，虽然他的脸色仍然惨白，但那种神志昏迷的症状已经消失了，他好多了，我有点放心了。

"唔，见到他了吗，华生？"

"见到了，他马上就来。"

"好极了，华生！好极了！你是最好的信使。"

"他想跟我一起来。"

"那绝对不行，华生，那是绝对不可以的。我生了什么病，他问了吗？""我告诉他你不小心从伦敦东区的印度人那儿传染上的。""对！对，华生，你真够朋友。现在你可以走了。""我得等，我得听听他的意见，福尔摩斯。"

"那当然可以。不过，如果他认为这里只有我一个人，我有足够的理由认为他的见解会十分有价值，会更加坦率，碰巧床头后面有个空间足够你藏身。""我亲爱的福尔摩斯！""我看别无他法了，华生。虽然这地方不适于藏人，可也不容易引人生疑。就躲在那儿吧，华生，我看可以。"他突然坐起，憔悴的脸显得全神贯注而又十分严肃。"听见车轮声了，快！华生！快呀！老兄！如果真是我的好朋友，不管出了什么事，你一定不要动，千万别动，听见了吗？别说话！别动！听着就行了。"说话间，他那突如其来的精力消失了，果敢老练的话音又变成神志迷糊的微弱呓语声。我急忙躲到床后。我听到上楼的脚步声，卧室的开门声和关门声。令人非常疑惑的是：

最后的致意

半天鸦雀无声，只听见病人急促的呼吸和喘气声。我猜想，我们的客人正站在床边打量着病人。他终于说话了。

"福尔摩斯！"他喊道，"福尔摩斯！"迫切的声音就像要叫醒酣睡的人那样。"你能听见我说话吗？福尔摩斯！"然后，传来"沙沙"的声音，似乎他在摇晃病人的肩膀。

"是史密斯先生吗？"福尔摩斯小声问道，"我真无法想象你能来。"那个人笑了。

"不，"他说，"你看，我来了。福尔摩斯，这叫以德报怨啊！"

"你真好——真高尚，我欣赏你独到的专业知识。"

我们的来客"扑哧"笑了一声。

"你是欣赏，不幸的是，你是伦敦唯一表示欣赏的人。你知道你得的是什么病吗？"

"同样的病。"福尔摩斯说。"啊！你认得出症状？""当然。""唔，这我不会感到奇怪，福尔摩斯。我不会奇怪你得了同样的病。如果是这样的话，你的前景可就不妙了。可怜的维克托在得病的第四天就死去了——他可是个身强力壮、生龙活虎的年轻小伙子啊。正如你所认为的，这非常奇怪，他居然在伦敦中心区染上了这种罕见的亚洲传染病。对于这种病，我有过专门研究。奇怪的巧合啊，福尔摩斯。这件事引起了你的注意，你可真行，不过还得无情地告诉你一点，这是有前因后果的。"

"我知道是你干的。""哦，你知道，是吗？可是你却最终束手无策，虽然你到处造我的谣言，又能怎么样？老天有眼，此次你自己得了病又求我来帮助你，你现在心里在想什么呢？这到底玩的什

么把戏？嗯？"

我听见病人急促而吃力的喘息声，"给我水！"他气喘吁吁地说。"你就要完蛋了，我的朋友。不过，我得跟你把话说清楚再让你死，所以我把水给你。拿着，别洒出来！对。你听得懂我说的话吗？"福尔摩斯呻吟起来。

"请帮我一下吧，过去的事就让它过去吧，"他低声说，"我一定把我的话忘掉——我发誓，我一定。以前的事我们一笔勾销怎么样？只请你把我的病治好。""什么？""哎，忘掉维克托·萨维奇是怎么死的。实际上刚才你已经承认是你下的手，我一定忘掉它。""你忘掉也好，记住也好，这是你的事。你是不可能再站到证人席上了，我对你把话说死吧，福尔摩斯先生，如果再见到你，也一定是在别的情况下了。就算你知道我侄子是怎么死的，又能把我如何？我们现在谈的不是他而是你。"

"对，对！""来找我的那个家伙——他的名字我忘了——对我说，你的病是在东区水手中染上的。"

"我只能这样认为。"

"你太自以为是了，是不是，福尔摩斯？你以为你很高明，是不是？这一回可是螳螂捕蝉，黄雀在后了。你回想一下吧，福尔摩斯，你得上这病不会另有原因吗？""我的大脑混乱，我无法思考了。看在上帝的分儿上，帮助我！""是的，我要帮助你。我要帮助你弄清楚你现在的处境以及你是怎样被弄成这样的。我愿意你在死前知道真相。""帮我一下吧，减轻我的痛苦吧。""痛苦吗？是的，苦力们在咽气前总是要发出几声嚎叫，我看你好像是抽筋了吧。""是的，

最后的致意

是的,抽筋了。""嗯,不过你还能听出我在说什么。现在听着!你记不记得,在你没得这病的时候,是否遇到过什么不寻常的事情?"

"没有,没有,完全没有。"

"再想想。"

"我脑袋太痛,想不起来啦。"

"哦,那么我来告诉你,收到过什么邮件没有?"

"邮件?"

"一个小盒子?"

"我头昏脑涨——我要死了。"

"听着,福尔摩斯!"又发出"沙沙"的响声,似乎他又在摇晃濒临死亡的病人,"你得听我说,你一定得听我说。你记得一个盒子——一个象牙盒子吧?周三送来的,你把它打开了——还记得吗?"

"对,对,打开了,里面有个很尖的弹簧,是恶作剧……"

"不是开玩笑,你这傻瓜上了我的当。你这是自作自受,谁叫你多管闲事!若非你找我的麻烦,我才不会对付你。""我记得,"福尔摩斯气喘吁吁地说,"那个弹簧!它刺出血来啦。就是这个盒子——它在桌子上。""就是这个,不错!一会儿我把它放进口袋带走,你就会连最后的一个证据也丢失了。现在你明白真相了,福尔摩斯。你知道了,是我把你害死的,你可以死了。对维克托·萨维奇的遭遇你了如指掌,现在我让你也感受一下吧!你已接近死亡,福尔摩斯。我要坐在这里,眼看着你死去。"我简直听不见福尔摩斯那细若蚊蚋的声音了。

"说什么?"史密斯问,"把煤气灯扭大些?啊,夜晚来临了,是吧?好,我来扭!这样我可以清楚地看到你。"他走过房间,突然屋里灯火通明。"还有什么事我可以效劳的吗,朋友?""香烟,火柴。"我惊喜得差点尖叫起来,这话语又是我所熟悉的那种极其自然的声音——或许有些虚弱。长时间的沉默。我感到柯费顿·史密斯一声不吭,目瞪口呆地站在那里瞪着我的朋友。

"这是什么意思?"我终于听见他开口了,声音焦躁而紧张。

"导演戏剧的最成功的方法就是自己充当某个角色。"福尔摩斯说道,"我对你说了,三天来,我没吃没喝,多谢你的好意,给我倒了一杯水。但是,我觉得最叫人难受的是不能抽烟。啊,现在可以抽了。"我听见划火柴的声音。"这就好多了。喂!喂!这脚步声是我一位朋友的吗?"外面传来脚步声。门打开了,莫顿警长的身影出现在那儿。

"一切顺利,你要找的那个人在这儿。"福尔摩斯说。

"我以你谋害维克托·萨维奇的罪名逮捕你。"警官说。

"你还可以加一条,他还企图谋害一个名叫歇洛克·福尔摩斯的人,"我的朋友笑着说道,"为了救一个病人,警长,柯费顿·史密斯先生很大度,他扭大了灯光,发出我们约定的信号。对了,犯人上衣的右边口袋里有个小盒子,把他的外衣脱下来,谢谢你。如果我是你,一定会小心地拿着它。放在这儿,在审讯中可能有用。"

突然一阵混乱和扭打,夹着铁器相撞的声音和一声尖叫。"你反抗只能是自讨苦吃,"警长轻蔑地说道,"站住别动,听见没有?"手铐"咔"的一声锁上了。

最后的致意

"这是圈套!"史密斯一阵吼叫,"上被告席的应该是福尔摩斯,而不是我。他叫我来给他治病,我十分担忧,因此就来了。他编造了一通话,然后在法庭上控告我,这全是他神志不清的猜疑。福尔摩斯,你可以信口雌黄。我的话和你的话同样是可信的。""天哪!"福尔摩斯叫了起来,"我把你给忘了,亲爱的华生,太抱歉了,请出来吧,但我想不用再向你介绍柯费顿·史密斯先生了吧?因为几小时前你们已经见过面了。外面有马车吗?我换好衣服跟你们一起走,因为我到警察局可能还有些用处。"

"这副打扮,我不再需要了,"福尔摩斯说。他在梳洗的间隙喝了一杯葡萄酒,吃了点饼干,精神好多了。"你非常了解,我的生活习惯极其不合规律,这些对我来说无所谓,对别人可能就行不通。重要的是要让哈德森太太对我的情况信以为真,因为这必须由她去找你,再由你转告他。你不见怪吧,华生?你得承认,你是没有伪装才能的,如果让你知道了我的秘密,你绝不可能心急如焚地去找他来,而这是整个计划的关键部分。我知道他要存心报复,所以我确信他不会不来看看自己的杰作的。""可是你的外表,福尔摩斯——你这张惨白可怕的脸多像啊!"

"三天里不吃不喝脸色是不会好看的,华生。至于其余的,只要一块海绵就可以解决问题。额上抹凡士林,眼睛里滴颠茄,颧骨上涂点口红,嘴唇上涂一层蜡,这一切可以产生绝妙的效果。关于装病这个论题我有时候真想写一篇文章。时而说说半个克朗啦,牡蛎啦以及诸如此类的无关话题,就能产生神志昏迷的神奇效果。"

"既然你实际上没得什么传染病,你为什么不准我挨近你?"

"你问这个嘛，我亲爱的华生，你以为我真看不起你的医道吗？不论我这个奄奄一息的病人装得多么虚弱，但我的体温正常，脉搏正常，只有你我之间相距四码远，才能把你骗住。要是这一步失败，又有谁能把史密斯带到我这儿来呢？没有谁。华生，我不会碰那个盒子。当你打开盒子，从盒子旁边看时，你就会看见那个弹簧像一颗毒蛇的牙齿般伸出来。萨维奇是这个魔鬼继承财产的障碍，我敢说，他就是用这种诡计把可怜的萨维奇害死的。你知道，由于到我手里的邮件是形形色色的，我都严加防范。我很清楚，我假装已经中了他的诡计，这样才能攻其不备，让他在得意忘形时亲口说出真相。我是以真正艺术家的牺牲精神完成这一次装病计划的。谢谢你，华生，你得帮助我穿上衣服。等警察局的事情一了，我想到辛普森饭店去吃点营养丰富、美味可口的东西。"

最后的致意

弗朗西丝女士的失踪

"怎么是土耳其式的？"歇洛克·福尔摩斯双眼盯着我的靴子问道。此时，我正靠在一把藤靠背椅上，所以伸出去的两只脚引起他极大兴趣。

"正宗英国式，"我有点惊奇地回答说，"在牛津大街拉梯默鞋店买的。"福尔摩斯虽然微笑着，但显示出不耐烦的神色。

"澡堂！"他说，"澡堂！为什么去洗使人懒散的昂贵的土耳其浴，而不洗个英国式的澡提提精神呢？""这几天我的风湿病犯了，我感到疲惫。土耳其浴是我们所说的一种有疗效的方法，是躯体的一种清洁剂。"

"噢，对了，福尔摩斯，"我接着说，"毫无疑问，对于一个周密的大脑来说，靴子和土耳其浴之间的差别与联系是极其明显的。但如果你能坦言我将十分感谢。""这里的道理并不太深奥，华生，"福尔摩斯顽皮地眨着眼说，"我用的还是老一套，我来问你，你今天早上坐车回来，有谁和你同车？""我并不认为这种新颖的例证就是一种解释。"我略带讥讽地说。"好啊，华生！你在抗议。问题在哪里呢？把最后的拿到最前面来说吧——马车。你看，你的衣袖左边和肩上都沾着泥浆，如果你在车子中间怎么会有泥浆呢？如果你自己坐在车子里，身上如果有泥浆的话怎可能只有一边有呢？所以，你是坐在

车子的一边,这十分明显。你一定有同行者也很显然。"

"这显而易见。"

"淡而无味,是不是?"

"但靴子和洗澡又有什么联系呢?""同样简单的是你有自己的习惯穿法。但我看到,靴子系的是双结,打得很仔细,这不是你平时的系法。你脱过靴子。是谁系的呢?鞋匠,要不就是澡堂的男仆。但不可能是鞋匠,因为你的靴子几乎还是新的。那么,还有什么呢?洗澡。太荒唐了,是不是?但是,反正洗土耳其浴总是有目的的。"

"什么目的?""你说你已经洗过土耳其浴,因为你要换换洗法。那你就洗吧,亲爱的华生。随我去趟洛桑怎么样?车票是头等的,一切非常有气派,怎么样?""好!可是,为什么呢?"福尔摩斯靠回安乐椅里,从口袋中取出笔记本。"世界上有一种最危险的人,"他说,"那就是漂泊孤独、本身无害而且常常是极其有用的女人,但她总是别人犯罪的目标。她漂泊无依,四处为家,她有充裕的钱供她周游各国,频频更换旅馆。她往往迷失在偏僻的公寓和寄宿栈房的迷宫里,她是狐狸世界里的一只弱小的鸡,很少有人关心她是否存在,所以我很担心弗朗西丝·卡佛克斯女士已经遭到了不幸。"他的话题如此突然地从抽象概括转到具体问题,使我感到欣慰。福尔摩斯在查阅他的笔记。

"弗朗西丝女士,"他接着说,"是已故拉福顿伯爵唯一的直系亲属,她从他那里继承了一些极其罕见的古老的西班牙银饰和精雕细琢的钻石。她喜爱这些东西,简直爱不释手,她不愿存放在银行里,总是随身带着。弗朗西丝女士是一个多愁善感的美丽女人,处

最后的致意

于风韵犹存的中年。

"那她发生了什么事?""哦,弗朗西丝女士出了什么事?现在是死是活?这就是我们要弄清楚的问题。四年中她习惯每两周写一封信给她的老家庭教师杜布妮小姐,从不间断,后者早已退休,现在居住在坎伯韦尔。来找我的就是这位杜布妮小姐。自五个星期前弗朗西丝女士从洛桑的国家饭店给她寄出最后一封信后,就杳无音讯了。她像没留下地址就离开了,一家人都非常着急。如果我们能够查清事情的来龙去脉,他们将会以重金相谢。"

"杜布妮小姐是唯一能提供线索的人吗?这位女士不给别人写信吗?""还有一个通讯者是肯定的,华生,那就是银行。单身女人也得活,她们的存折就是日记的缩影。她的钱存在西尔维斯特银行。我看过她户头上的最后一张支票,只是为了付清在洛桑的账目,但是数目很大,她手头可能留有现款。从那以后只开过一张支票。""给谁的?开到什么地方?""不到三周前,开给玛丽·黛汶小姐,开到什么地方我们一无所知,这张五十镑的支票在蒙彼利埃的里纳银行兑现。""这个玛丽·黛汶小姐是何许人呢?""这个,我查出来了。玛丽·黛汶小姐过去是弗朗西丝·卡佛克斯女士的女仆。我们还无法断定为什么要把支票给她。但是毫无疑问,你的研究工作不久将会使我们弄清原委。""我的研究工作?"

"正是因此才要到洛桑去进行有益健康的探险啊。你知道,老阿伯拉罕斯生怕送命,我不能离开伦敦。另外,通常状况下,我不到外国去,我走了苏格兰场会感到寂寞的,而且也会在罪犯中引起狂热的躁动。亲爱的华生,去吧,我会在大陆电报局的另一头随时提

供我的建议。"

两天后在洛桑的国际饭店里,我受到那位大名鼎鼎的经理莫塞先生的殷勤接待。他声称,弗朗西丝女士在此住过几个星期。她很受人欢迎。她的年龄不超过四十岁,风韵犹存,可以想象她年轻时是如何风华绝代。莫塞并不知道有任何珍贵珠宝。但茶房提及:那位女士卧室有一只皮箱,沉甸甸的总是锁着。女仆玛丽·黛汶和她女主人一样,与人相处融洽。她已同饭店里的一个茶房领班订了婚,她的地址很容易打听,那是在蒙彼利埃的特拉扬路11号。这些我都详细记下了。我想就算是我的朋友本人亲自来,收集情况的本领也不过如此。

但是有一个地方尚未明了,即未探明这位女士突然离开的原因是什么。她在洛桑过得很快乐,有足够理由相信,她本想在这个可俯瞰湖滨的豪华套房里度过这个季节。但是,她却在续订一周之后的第一天就离开了,白付了一周的房金。只有女仆的情人如勒·维巴提出一些看法。他提及一两天前一个又高又黑留着胡子的人来访,这可能与她的突然离去有关。"野蛮人——地地道道的野蛮人!"如勒·维巴嚷道。此人住在城里某处,有人见过他在湖边的游廊上和这位女士认真交谈。此后他曾来拜访过,她没有见他。他是英国人,但是没有留下姓名。这位女士随即离开了那地方。如勒·维巴和他的情人玛丽·黛汶都认为是他的来访导致了弗朗西丝的离去。只有一件事,如勒不能谈,有关这件事他不愿说什么,就是玛丽为什么要离开女主人。如果我想知道,我必须到蒙彼利埃去问她。

我查访的第一步就此结束。第二步是要弄清弗朗西丝·卡佛克

最后的致意

斯女士离开洛桑后要去的那个地方——巴登。在这一问题上，好像有某种秘密可使人相信，她离开是为了甩开某一个人。否则，为什么她的行李上不贴上去巴登的标签？她本人和她的行李都是绕道来到莱茵河游览区的。这些情况是我从当地库克办事处经理那里获得的。我发电报给福尔摩斯，把我了解的全部情况都详细告之，他在回电里半诙谐地赞许了我一番。然后，我就去了巴登。

在巴登追寻线索并不困难。弗朗西丝在英国饭店呆了半个月，在此她结识了来自南美的传教士施莱辛格博士夫妇。和大多数独身女子一样，弗朗西丝女士从宗教中得到某种慰藉。施莱辛格博士具有超凡的人格，她被他全心全意的献身精神和他在传教中得病、眼下在恢复这一事实深深打动了。她帮助过施莱辛格太太照料这位逐渐恢复健康的圣者。经理告诉我，博士白天在游廊的躺椅上度过，身旁一边站一个服务员。他当时在绘制一幅专门说明米迪安天国圣地的地图，并在撰写一篇这方面的论文。在他完全康复后，他们夫妇二人同弗朗西丝女士前往伦敦。这是三个星期以前的事情。此后，这位经理就不知他们的行踪了。而玛丽当时对别的女仆说再也不会干这行了，她在几天前痛哭了一场就离开了。施莱辛格博士在动身前，给他的那帮人都结了账。

"哦，对了，"经理最后说，"打听弗朗西丝·卡佛克斯女士的不止你一人，大约一星期前，也有人来过。""他留下姓名没有？"我问。"没有，不过他是英国人，尽管样子显得特别。""一个蛮子？"我问道，按我那大名鼎鼎的朋友的思维方式把我了解的事情联系上。"对。用蛮子称呼他倒是十分恰当。这家伙是个大块头，留着

胡子，皮肤黝黑。看起来，他习惯住农村客栈，而不是高级饭店。这个人凶巴巴的，我可不敢惹他。"

　　云雾逐渐被拨开，真相开始显露，人物变得更明显、突出了。有一个凶险的家伙在追逐这位善良而虔诚的女士，她到哪里，他追到哪里。她惧怕他，否则她不会逃离洛桑的。他早晚会追上她的。他是不是已经追上她了？她至今没有音讯的秘密是否就在于此？与之相随的善良的人们难道不怜香惜玉，使她免遭厄难吗？在这纠缠的后面隐藏着什么可怕的目的、什么阴险的企图呢？这就是我要解决的问题。我写信给福尔摩斯，告诉他我已十分高效地查到案子的缘由。我收到的回电却是要我说明施莱辛格博士的左耳长什么样子。福尔摩斯的幽默想法真是奇怪，未免有点令人吃惊。所以我对他的玩笑未加理会。说真的，在他来电报之前，为了追上女仆玛丽，我已经到了蒙彼利埃。

　　找到这位被辞退的女仆，从她那儿了解一下情况并不难。她相当忠诚。她之所以离开她的女主人，只是因为她确信她的主人有了可靠的人照顾，同时因为她的婚期已近，迟早总得离开主人。可她极其痛苦。她们在巴登居住时，女主人生气地追问过她，似乎女主人对她的忠诚发生了怀疑，并且还对她发过脾气。这样分手反倒更加轻松了，否则就会难舍难分。弗朗西丝送给她五十镑作为结婚礼物。玛丽和我一样也非常怀疑那个打听她女主人的陌生人。她亲眼看到在湖滨游廊上，他当众恶狠狠地抓住这位女士的手腕，一副可怕的样子。玛丽认为，弗朗西丝女士愿意和施莱辛格夫妇同去伦敦，就是因为害怕这个人。弗朗西丝从来没向玛丽提过这件事，但这位

最后的致意

女仆从许多细微的迹象中发现,她的女主人一直生活在忧虑之中。刚说到这里,她突然从椅子上惊跳起来,一副惊慌失措的样子。"看!"她叫喊起来,"就是他!这个恶棍悄悄跟到这儿来啦!"

透过客厅里敞开着的窗子,我发现一个黑大汉慢慢走向街中心,急切地逐一查看门牌号。显而易见,他和我一样在寻找女仆。我一时冲动,跑到街上去和他说话。

"你是英国人吗?"我说。"是又怎么样?"他瞪着眼睛向我问道。"我可以请教尊姓吗?""不,不行。"他十分坚决地说。这真是尴尬的处境。可是,直截了当常常是最好的方式。"弗朗西丝·卡佛克斯女士在什么地方?"我问。他惊奇地看着我,"你把她怎么了?你在追踪她?你说!"这个家伙怒吼一声,像一只老虎似的向我猛扑过来。我并不害怕与人格斗,但是这个人两手如铁钳,疯狂得像个魔鬼。他用手扼住我的喉咙,我几乎背过气去了。这时,一个满脸胡须身穿蓝色工作服的人从对面街上的一家酒店里冲了出来,拿着短棍打向向我行凶的那家伙的小臂,使他不得不松手。这家伙一时站在那儿,不知是否就此罢休,一副极其愤怒的样子。然后,他怒吼一声,离开了我,走进我刚才出来的那家小别墅。我转身向站在我旁边的救命恩人致以谢意。

"嗨,华生,"他说,"你把事情弄砸了!我看你最好还是和我坐今晚的快车一起回伦敦去吧。"

一个小时后,歇洛克·福尔摩斯已经穿着平时的服装,恢复了原有的风度,坐在我的饭店的房间里。他解释说,他之所以出现在这儿,是因为离开伦敦的时机成熟,就决定在我到下一站时把我截

住,而我下一站去哪儿是显而易见的。他化装成一个工人坐在酒店里等我露面。

"亲爱的华生,你的调查工作始终如一,这非常不简单,"他说,"我不能说你有什么疏忽之处,但你的调查工作的全部效果就是到处发警报,而且一无所获。""就是你来干,也许也不过如此。"我委屈地回答说。"不是'也许',我'已经'干得比你强。尊敬的菲利普·格林就和你住在同一个饭店里。我肯定,要进行更有成果的调查,他就是线索。"

一张名片被送了进来。然后刚才在街上侵犯我的那个歹徒进来了。他看见我,吃了一惊。"怎么回事,福尔摩斯先生?"他问道,"在接到你的通知后我就赶来了,可这个人是怎么回事?"

"这是我的老朋友兼同行华生医生,他在协助我们破案。"他伸出一只晒得很黑的大手,连声道歉。"但愿对你没造成伤害,这几天,我的神经就像一根带电的电线一样,当你指控我时我就怒火上升。可是这种处境,我无法理解。福尔摩斯先生,我最想要知道的就是你们究竟是怎么打听到我的?""是弗朗西丝女士的女家庭教师杜布妮小姐告诉我的。"

"就是总戴一顶头巾式女帽的老苏珊·杜布妮吗?我记得她。""她也记得你。那是在前几天——当时你认为最好是到南美去。""啊,既然你知道,我也不用向你隐瞒了。我发誓,福尔摩斯先生,世界上没有哪个男人像我爱弗朗西丝女士那样忠贞,虽然我是个野小子——但我并不比别的年轻人坏,但她洁白如雪的心不能受到丝毫侵犯。所以,当她知道我做过的事后,就不愿理我了,虽然她也非常爱我,也

最后的致意

正因此她一直保持着独身生活。几年后,我在巴伯顿发了财。这时候,我想我也许能够找到她,让她受到感动。我听说她至今未婚。在洛桑我找到她,并尽了一切努力,没想到她的意志随着年龄增长反而更坚强了,等我第二次去找她时,她已经离开洛桑了。我又追到了巴登,没过多久,我听说她的女仆在这里。我是个粗人,脱离那种生活方式不久,所以当华生医生询问的时候,我实在无法控制。看在上帝的分儿上,告诉我,弗朗西丝女士现在怎么样啦。"

"我们正在调查。"福尔摩斯以极其严肃的声调说,"能告诉我你在伦敦的住址吗,格林先生?""到兰姆饭店就可以找到我。"

"我看你最好回到那里等着,我们一旦有事可以找你,好不好?我不想让你空抱希望,但你要相信,我们为了弗朗西丝女士的安全,做什么都在所不惜。现在没有别的话要说了。我给你一张名片,以便于你和我们保持联系。华生,你收拾一下行装,我去拍电报给哈德森太太,希望我们明天七点半钟能吃上一顿美餐。"

当我们回到贝克街的住房里时,桌上有一封电报。福尔摩斯看完电报后惊喜万分。他把电报递给我,上面写着"有缺口或被撕裂过",拍电报的地点是巴登。"这是什么?"我问道。"这是答案。"福尔摩斯回答说,"你是否记得,我问过一个好像与本案无关的问题——那位传教士的左耳,你没有答复我。""那时,我早已经离开巴登,根本不能询问。"

"对。正因为如此,我把写有同样问题的信寄给了英国饭店的经理,这就是他的回信。"

"这能说明什么?""说明我们要面对一个极其狡猾、极其危险

的人物，亲爱的华生。牧师施莱辛格博士是南美的传教士。他就是亨利·彼特斯，是在澳大利亚发迹的一个最无耻的流氓——在澳大利亚已经出现了这些外表道貌岸然实质肮脏卑鄙的人物。他的看家本事就是利用孤身妇女对宗教的感情去诱骗她们。他那个所谓的妻子是个英国人，叫弗蕾塞，是他的得力帮手。我从他的一贯方式上看破了他的身份，还有他身体上的特征证明了我的怀疑——一八八九年在阿德莱德的一家沙龙里发生过一次格斗，他在这次格斗中受了伤。这位可怜的女士居然落入了这一对恶魔似的夫妻手里，华生。说她已经死了，很有可能。即使没有死，无可怀疑地也是被软禁起来了，已经不能和杜布妮及别的朋友取得联系。她根本就没有到达伦敦，这一点是可能的，要不然就是已经经过了伦敦。不过第一种可能未必能成立，因为在欧洲有一套登记制度，外国人要想骗倒大陆警察是不容易的。第二种情况也不可能，因为这帮流氓不大可能在伦敦找到一个地方轻易地把一个人软禁起来。我的直觉告诉我，她是在伦敦，但我们目前无法说出她在什么地方，所以只好采取当前的步骤，养足精神，耐心等待。晚上，我将顺便到苏格兰场去找我们的朋友雷斯德谈一谈。"

无论是职业警察，还是福尔摩斯高效的小组，在伦敦数百万的茫茫人群中寻找这三个人无异于海底捞针，他们无任何行踪，好像就没存在过。登广告试过了，没用。线索也追查过了，一无所获。对施莱辛格可能常去作案的地方也做过调查，但一无所获。把他的老同伙监视起来了，可是他们不去找他。一周就这样毫无效果地过去了，突然黑暗中出现一丝光明。威斯敏斯特路的波汶顿当铺里，

最后的致意

有人典当一个西班牙的老式银耳环。典当者是一个脸刮得很光、个子十分高大的人，一副教士模样。据了解，他用的是假姓名和假地址。没人注意他的耳朵，但据推测肯定是施莱辛格。

住在兰姆饭店的那位满脸胡子的朋友为了打听消息，来了三次。当他第三次来的时候，离这个新发现还不到半个小时。在他那魁梧的身上，衣带渐宽。由于焦虑，他好像逐渐在衰弱下去。他经常请战说："我能不能做些什么啊！"最后，福尔摩斯终于答应了他的请求。

"他开始当首饰了，我们应当把他抓起来。""这是不是说弗朗西丝女士已经遭遇不幸了？"福尔摩斯极其严肃地摇摇头。

"也许她现在被看管起来了。很清楚，放走了她，他们就会自寻死路。我们要做好准备，也许会出现最糟的情况。""我能做些什么呢？""那些人认识你吗？""不认识。""如果他再找别的当铺，我们就必须一切从头开始了。但是，他得到的价钱很公道，当铺也没有向他问什么，所以如果他急需现钱，他或许还会到波汶顿当铺去。我写张条子，介绍你到店里等候。如果这家伙出现，你负责盯住他，看他的老窝在哪儿。不能鲁莽，特别不准动武。你要向我保证，除非有我的通知和许可，否则不要随意行动。"

两天来，尊敬的菲利普·格林（后来得知，他是一位著名海军上将的儿子，这位海军上将在克里米亚战争中曾指挥过阿佐夫海舰队。）毫无音信。第三天晚上，他冲进我们的客厅，浑身发抖，强壮的躯体上的每一块肌肉都兴奋得直颤动。

最后的致意

"我找到他了！我找到他了！"他喊道。他激动得连话都说得非常不连贯。福尔摩斯安慰他几句，把他推到椅子里坐下。"来吧，从头到尾讲给我们听。"他说。"她是一个钟头以前来的，这次来的是他的老婆，她拿来的耳环是一对耳环中的另外一只。她是一个脸色苍白、长着一对老鼠眼睛的高个子女人。""正是她。"福尔摩斯说。"她离开当铺后，我一直跟着她。她向肯辛顿路走去，我跟在她后面。福尔摩斯先生，她径直走进一家承办丧殡业务的店铺。"

我的同伴愣住了，"是吗？"他语调颤抖，难以掩盖内心的焦虑，虽然脸上冷静苍白。"我也进了，她正和柜台里的一个女人在说话。似乎听见她说'已经晚了'或者类似的话。店里的女人在解释什么。'早就该送去了。'她回答说。'时间得长一些，要与众不同。'她们后来停止了谈话，注视着我。我只好随便敷衍几句就离开了商店。"

"你干得相当不错，后来呢？""她出了商店，我躲进一个门道里。她四周张望着，好像有所怀疑。然后她叫来一辆马车坐了进去，幸亏我也叫到一辆马车跟在她后面。她在布里斯顿的波特尼广场36号下了车。我驶过门口，把车停在广场的转角里，盯着这所房子。"

"你看见什么了？""除了底层的一个窗户可看得清外，其余一片漆黑，百叶窗拉下了，里面的情形根本看不清。我站在那儿束手无策。这时候开过来一辆有篷的货车，车里有两个人。这两个人下了车，从货车里取出一口棺材抬到大门口。""啊！""我差一点儿就想冲进去。正在这时，门打开了，那两个人抬着棺材进去了。开门的正是那个女人，她看了我一眼，认出了我，大吃一惊，然后就把

福尔摩斯探案全集

门关上了。我想起你对我的嘱咐，因此就到这儿来了。"

"你的工作干得很好，"福尔摩斯说着在一张小纸条上随手写了几个字，"没有搜查证，我们的行动就不合法。这件事你做最好，你拿着这张便条去警察局拿一份搜查证来，也许没那么容易，不过雷斯德如果细心的话是不会放过出售珠宝这件事的。"

"可是，他们现在随时可能会害死她的，买棺材干什么？不是给她又是给谁预备的呢？""我们将全力以赴，格林先生。一分钟也不能耽误了，把这件事交给我们吧。现在，华生，"当我们的委托人匆匆离去后，福尔摩斯接着说，"雷斯德将会调动警察。而我们呢，和以前一样，是非正规的。情况万分紧急，我们必须采取我们自己的行动，所以我不得不采取最极端的方式。即使这样，在道义上、法律上也是说得过去的。马上去波特尼广场，一会儿都不能耽误。"

"让我们再来分析一下形势，"他说，这时我们的马车正飞驰过议会大厦和威斯敏斯特大桥，"这些歹徒首先挑拨弗朗西丝女士和女仆之间的关系，然后把她骗到伦敦来，她写的信也被他们扣下。在同伙的帮助下他们租到一所有家具的房子，他们一住进去就把她软禁起来，而且他们已经拥有了这批贵重的珠宝首饰——这是他们一开始就要骗取的东西，并开始卖掉了一部分。他们以为神不知鬼不觉，因为他们没想到还会有人关心这位女士的生死存亡。放了她，她当然会告发他们，所以绝不会放她。但是，他们不能永远关着她，于是只有用谋杀的方法。"

"看来这很清楚了。""现在我们从另外一条线索来推断一下。当你顺着两条不同的思路考虑问题的时候，华生，你会发现，汇合

最后的致意

这两条思路,将越来越接近真相。现在我们放下这位女士而从棺材谈起,反过来论证推理一下。这件意外的事证明,这位女士肯定已经死亡,但是要按照惯例安葬,有正式的医生证明,经过正式的批准手续。如果弗朗西丝是被害死的,他们就会把她秘密地埋在后花园里。但是,现在这一切都是公开而正规地进行的。这是什么意思?不用多说,他们是用某种办法把她害死,然后欺骗医生伪装成是因病自然死亡——没准是被毒死的。但这里有蹊跷,他们怎么会让医生接近她,除非医生也是他们的同谋者,不过这种假设也不确定。"

"他们会不会伪造医生证明呢?""这非常危险。不,我看他们不会这样做。车夫,停车!我们已经过了那家典当铺,这里显然就是承办丧葬业务的那家店了。你进去怎么样,华生?你去办可靠些。问一问波特尼广场那家人的葬礼安排在明天几点钟。"

店里的女人毫不迟疑地说在早晨八点钟。"你瞧,华生,并不东掖西藏,一切都是公开的!他们无疑弄到了合法证明,所以并不怕。好吧,现在别无他法,只有从正面直接进攻了,你武装好了吗?""我有手杖!""好,好,我们足够了。'充分武装,才能取得胜利。'绝不能等待警察,也不能让法律束缚我们。车夫,你可以走了。华生,我们在一起会取得成果,同我们两人以往常常合作时那样。"他用力按着波特尼广场中心的一栋黑暗的大厦的门铃。门马上打开了,在厅里暗淡的灯光下出现了一个高个子的女人。"你要做什么!"她厉声问道,眼睛盯着我们。"我要找施莱辛格博士。"福尔摩斯说。"他不在这儿。"她说完就想关门,福尔摩斯用脚将门抵住。"我要见见这儿的主人,不管他自称什么名字。"福尔摩斯坚决地说。她稍

稍迟疑了一下，然后把门敞开。"啊，那就进来吧！"她说，"我丈夫不怕与任何人见面的。"她关上身后的门，把我们带进大厅右边的一个起居室里，扭亮了煤气灯后就走了。"彼特斯先生立即就来。"她说。

果然，我们还未来得及仔细观察这间布满灰尘、破败不堪的屋子，门就开了。只见一个高大的、脸刮得很光的秃头人轻轻地走了进来。他有一张大红脸，腮帮子下垂，外表看起来很体面，但那凶残险恶的嘴巴却破坏了他的这副神态。"这里一定有点误会，先生们，"他用一种嘲讽、自得的声调说道，"我看你们找错地方啦。你们也许该到街那头去问问……""可以倒是可以，但我们没有时间可浪费了，"我的同伴坚定地说，"你是阿德莱德的亨利·彼特斯，后来又自称巴登和南美的牧师施莱辛格博士。我肯定这一点，就像敢肯定我的姓名叫歇洛克·福尔摩斯一样。"

这个人大吃了一惊，死死盯住他的这个不好应付的对手。"你的名字可吓唬不了我，福尔摩斯先生，"他大大咧咧地说，"只要一个人心平气和，你就没法叫他生气。请问你到我家里有什么事？""我要知道，你把弗朗西丝·卡佛克斯女士怎样了，她是跟你从巴登到这里来的。"

"我将十分高兴，如果你告诉我这位女士现在在哪儿。"彼特斯满不在乎地回答说，"她还欠我接近一百镑的账，除了一对并不值钱的耳环以外，她什么也没有给我留下。这对耳环，商家不屑一顾。她在巴登跟彼特斯太太和我在一起——当时我用了别名，这是事实——她不愿离开我们，跟着我们来到伦敦。我帮她付了账，买了车

最后的致意

票。可是一到伦敦，她就跑掉了，只留下这些过时的首饰抵债。福尔摩斯先生，如果你能找到她在哪儿，我将感恩不尽。"

"我是想找她，"歇洛克·福尔摩斯说道，"所以我来搜查屋子。""你有搜查证吗？"福尔摩斯露出口袋里的手枪。"在真正的搜查证没有到来之前，这就是搜查证。""怎么，你像个强盗。""你可以这样称呼我，"福尔摩斯不在乎地说道，"我将和我的同伴——一个危险的暴徒一起搜查你的房间。"我们的对手打开了门。

"去叫警察来，安妮！"他说，过道里响起一阵妇女奔跑的声响，大厅的门打开了，又关上了。"我们没多少时间，华生，"福尔摩斯说，"如果你妨碍我们，彼特斯，你肯定不会好过的。棺材在哪儿？""你要棺材干什么？正用着哩，里面有尸体。""我一定要查看尸体。""没有我同意绝对不可以。""无需你同意。"福尔摩斯动作敏捷，一下把这个家伙推到一边，走进了大厅。一扇半开着的门近在咫尺。我们进去了。这是餐室。桌子上停放着棺材，福尔摩斯扭大屋顶的吊灯，然后打开棺盖。灯光照射下，棺内深处是一具瘦小干瘪的老年人的尸体，这个犹如枯叶的人不可能是风韵犹存的弗朗西丝女士，因为无论用任何摧残折磨的手段她也不会变成这样子。福尔摩斯显得又惊又喜。

"感谢上帝！"他说，"这不是她。""啊，你可犯了一个大错误啦，歇洛克·福尔摩斯先生。"随后跟进来的彼特斯说。

"她是谁？""唔，如果你真想知道，我愿意告诉你，她是我妻子的老保姆，叫罗丝·斯彼德，不久前在布里克斯顿救济院的附属诊所，我们发现了她，于是，将她请到这儿来。来自费班克别墅十三号的霍森医生——请福尔摩斯先生听清他的地址——在基督教友的职责下细心地照料了她，但第三天她就死了——医生证明书上说是年老体衰而死——这是医生的看法，你当然更明白。我们叫肯辛顿路的斯梯姆森公司办理后事，明天早晨八点我们为她举行葬礼。你能挑出什么毛病吗？您犯了个致命的错误，本想在棺材里发现弗朗西丝女士，可是发现的却是一个又干又瘦的九十多岁的老太婆，如果有相机把刚才你的神情拍下来，我倒十分欣赏你那种目瞪口呆的样子。"

在他的仇敌的嘲弄下，福尔摩斯的表情跟以往一样冷漠。可是他的双手紧握，表露出他的怒不可遏。

"我要搜查你的房子。"他说。"你还要搜！"彼特斯喊道。这时，传来一个女人的声音和过道上沉重的脚步声。"我们马上就可以弄清楚谁是谁非。请进来，警官们。这两个人闯进我家里，而且不想离开。帮我把他们赶出去吧。"一名警官和一名警察过来了。福尔摩斯出示了名片。

"这是我的姓名和地址。这是我的朋友，华生医生。""哎呀，先生，久仰了，"警官说，"可是没有搜查证，你们不能呆在这儿。""我当然十分了解。""逮捕他！"彼特斯嚷道。"我们知道该怎么做，请你不要指手划脚。"警官威严地说，"可是你得离开这儿，福尔摩斯先生。"

"对，华生，我们必须离开这儿啦。"

不久，我们又来到街上。福尔摩斯像平常一样，满不在乎，而我却满肚子怒火，警官跟在我们后面。

最后的致意

"对不起,福尔摩斯先生,但我们无法同法律对峙。""对,警长,你也没有别的办法。""我想你到这儿来,一定有理由。也许我可以……"

"我们怀疑一位失踪的女士在这所房子里,警长,我在等待搜查证,马上就到。""那么我来监视他们,福尔摩斯先生。有什么风吹草动,我一定通知你。"这时还只是九点钟,我们又开始行动了。首先在布里克顿救济院,我们得知,几天前的确有一对好心的夫妇来到这里,声称一个木讷的老太婆是他们以前的仆人,并且申请把她领回去照料。当救济院的人听到她去了以后没几天就死了时,没人感到惊讶。

然后我们找到那位医生。他曾应邀前往,发现那个女人极度衰老,并且确实目睹她死去,因此在正式的诊断书上签了字。"我可以保证,一切都是正常的手续,无任何疑点。"他说。屋子里也没有什么令他怀疑的,只是像他们这样的人家竟然没有佣人,这倒是很奇怪的。医生提供的情况不过如此,再没有别的了。

最后,我们去苏格兰场办理搜查证,因为手续有困难,所以时间有所耽搁,第二天才能取得治安官的签字。要是福尔摩斯能在九点左右去拜访,他就可以同雷斯德一起去办好搜查证。我们的那位警长朋友在快到半夜的时候来告诉我们,他看见那座黑暗的大住宅的窗口里,偶尔灯光闪烁,但是无任何人进出。我们只好耐着性子等待第二天的来临。

歇洛克·福尔摩斯十分急躁,一言不发,坐立不安,根本不能入睡。我走开了。他猛吸着烟斗,双眉紧锁,神经质的修长手指在椅臂上敲打。这时，可能解答这一奥秘的方法也许正在他脑海里翻腾。整个晚上，我都听见他在屋里来回走动。第二天早晨，他冲进房间叫醒我。他穿着睡衣，但是他整夜没有合眼。"你记得是什么时间安葬？八点钟，是不是？"他急切地问道，"唔，现在七点半。天哪，华生，上帝赐给我的头脑怎么了？快，老兄，快！事关生死——九死一生。要是赶不上，我永远都不会原谅自己的，永远！"

不过五分钟，我们就离开贝克街坐马车飞奔而去，即使这样，经过毕格本钟楼时已经七点三十五分了，赶到布里克斯顿路，正好八点钟。不过，对方也同样晚了，已经过十分钟了，灵车仍然停在门边。三个人抬着棺材在门口出现，当我们筋疲力尽的马车停下来的时候，福尔摩斯快步上前，拦住了他们。"抬回去！"他命令道，一只手抵在最前面抬棺材的人的胸前，"马上抬回去！""你他妈干什么？我再问你一次，你的搜查证在哪里？"彼特斯气势汹汹地质问，那张大红脸直对着福尔摩斯。

"搜查证立刻就到。棺材抬回屋里去，等搜查证来。"福尔摩斯威严的声调镇住了所有的人，彼特斯已经溜进了屋，抬棺材的人服从了福尔摩斯的命令。"快，华生，快！这是螺丝起子！"当棺材放到桌上时，他喊道，"老兄，这一把给你！"他又对抬棺材的人说，"一分钟之内打开棺盖，赏金币一镑！别问啦——快干！很好！另一个！再一个！现在一起使劲！快开了！噢，开了！"

我们一起使劲打开了棺盖，一股强烈刺鼻的氯仿气味冲了出来。棺内躺着一个躯体，头部缠着浸过麻药的纱布。福尔摩斯撕破纱布，里面露出一个美丽高贵得如塑像一般的脸庞。他立即伸臂扶着她坐

最后的致意

了起来。"她还活着吗？华生，还有气息吗？但愿我们来得不算晚！"

半个小时过去了，看来我们是来得太晚了。由于窒息和氯仿有毒的气味，弗朗西丝女士好像完全不省人事。最后，我们用尽了各种科学办法，人工呼吸，注射乙醚。终于出现了一丝生命的颤动，眼睑抽搐了，眼睛露出了一点微弱的光泽，这些迹象说明生命在慢慢苏醒。一辆马车赶到了，福尔摩斯打开百叶窗向外望去。"雷斯德带着搜查证来了，"他说，"他会发现他要抓的人已经逃走。不过，还有一个人来了，"当过道上传来沉重而急促的脚步声时，他接着说，"比我们更有权利照顾这位女士的人来了。您早，格林先生，我看我们把弗朗西丝女士从这儿越快送走越好。现在葬礼可以举行了。那个可怜的老太婆可以独自到她最后安息的地方去了。"

"亲爱的华生，如果你想把这件案子也收进你的记录本里去，"那天晚上福尔摩斯说，"也只能把它看做一个暂时受蒙蔽的例子，那是即使最善于推理的头脑也不可避免的。每个人都会犯这种过失，难得的是能够认识到并加以补救。对于这件声誉已经得到挽救的事，我还想说几句。那天晚上，我一直在思索，在头脑里回想每一个可能的线索，一句奇怪的话，一个可疑的现象，我都不能轻易地略过。后来，天刚亮的时候，我突然想起格林向我报告的丧葬店女老板的话。她说过：'早就该送去了。时间得长一些，得与众不同。'她指的是棺材，为什么'与众不同'，就是说它要按特殊的尺寸制作。可是为什么？为什么呢？我突然想起来了：棺材那么深，装的却只是一个又干又瘦又无关紧要的人。尸体那么小，棺材为什么那么大呢？是要腾出地方来再放上一具尸体。利用同一张证明书埋葬两具尸体。

一切本应该十分明了，如果不是我的思想被蒙蔽的话。八点钟就要安葬弗朗西丝女士，我们唯一的机会就是在棺材搬走之前把他们截住。

"可能会发现她还活着，这机会非常渺茫，但这毕竟是一次机会。据我所知，他们不到最后关头从来不杀人，也尽量避免真正的暴力，他们把她埋葬，可以不露出她死亡的任何蛛丝马迹。就算把她从地里挖出来，他们也还是有逃走的机会。我是这样推测当时的情景的，你可以再好好回想一下：那位可怜的女士长期被关在你也看见的那间楼上的小屋里。他们冲进去用氯仿捂着她的嘴，把她抬进棺材，又把氯仿倒进棺材，使她不能醒，然后钉上棺盖。这个办法倒很妙，华生。在犯罪史上我还是首次见识。如果这些罪犯们从雷斯德手中逃脱的话，那么，将来他们不会甘于寂寞的。"

最后的致意

恶魔之足

在记录我与歇洛克·福尔摩斯一起遭遇的一桩桩奇怪的案件和一件件有趣的往事时,由于他自己不愿面对公众而往往使我感到左右为难。他性情沉闷,不喜欢繁文缛节,厌恶人们的一切赞扬。一旦案破后,他极其讨厌的就是把破案报告上交官方人员,假装一副笑脸,沉浸在那些文不对题的齐声祝贺中。就我的朋友而言,事实的确如此。当然,也有一些有趣的材料促使我在以后几年里将之公开发表。由于特殊原因,我曾参加了他的几次特殊冒险,我要慎重考虑,保持缄默。

这是上周二的事情,我十分意外地收到福尔摩斯的一封电报——只要有地方打电报,他从来不写信——电文如下:

为何不将我承办的最奇特的科尼什恐怖事件告诉读者。

我不知道是出于一种回忆往昔的情怀使他重提此事,还是一种奇怪的念头驱使他这么说。在他可能又发来另一封取消这一要求的电报之前,我急忙翻出笔记,将此案的确切内容诚挚地向读者披露。

那是一八九七年的春天。由于日夜辛劳,福尔摩斯那号称钢筋

铁骨的身体逐渐有些支撑不下去了，又因平日自己不够注意，他的健康情况开始恶化。那年三月，住在哈利街的穆尔·阿加医生——有关把他介绍给福尔摩斯的戏剧性情节且留待以后再介绍——明确警告这位私家侦探要放下他手头的所有案件，真正地休养一下身体，如果他不想完全垮掉的话。他始终毫不考虑自己的身体，一心扑在工作上。不过，他怕以后不能长期工作，终于听从劝告，决心变变环境，换换空气。于是，就在那年初春，我们一起来到科尼什半岛尽头、波尔都海湾附近的一所小别墅里居住。

这是一个奇妙的特别能够适应病人恶劣心情的地方。四周是黝黑的悬崖和被海浪扑打的礁石，一个让无数海员葬身于此、经常失事的地方。因为每当北风吹起的时候，这个地方的海湾平静而隐蔽，吸引无数饱受风浪袭击的船只前来避难。但这时西南风会猛然袭来，背后的海岸和拖曳着的铁锚，都在翻滚的波浪中做最后挣扎，有经验的水手会离这个地方远远的。

在陆地上，别墅四周和海上一样阴沉。这一带的沼泽地连绵起伏，静寂而阴暗，偶然间出现一个教堂的钟楼，表明这是一处古老乡村的遗址。在这些沼泽地上随处可见早已淹没消失的某一民族所留下的遗迹。它所遗留下来的唯一记录就是奇异的石碑、埋有死者骨灰的零乱的土堆以及在史前时期用来战斗的奇特的土制武器。我朋友被这个神奇而富有魅力的地方以及被遗忘的民族的不祥气氛所深深打动了。他时常在沼泽地上长时间散步，独自沉思。古代的科尼什语也吸引了他的注意。我记得，他曾推断科尼什语和迦勒底语

最后的致意

相似，大都是做锡器生意的腓尼基商人传来的。他已经订购了一批语言学方面的书籍，正在潜心研究这一论题。然而，使他感到由衷高兴的是（我却恰恰相反），即使在这样一个梦幻似的地方也不得不陷进一个疑难事件之中。这件事情比我们在伦敦碰到的所有案子都更紧张，更吸引人，更神秘无比。这无疑又干扰了我们宁静而简朴的生活。

我们被牵连进一系列不仅震惊了康沃尔、也震惊了整个英格兰西部的重大事件之中。许多读者可能还记得一点当时被称为"科尼什恐怖事件"的情况，但当时发给伦敦报界的报道是非常零散的。现在，十三年过去了，我终于可以把这一奇异事件的真相公诸于世。

我曾说过，分散的教堂钟楼表明康沃尔这一带地方有零零散散的村庄，其中距离最近的就是特里丹尼克·沃拉斯小村。在那里，几百户村民的小屋包围着一个长满青苔的古老教堂。福尔摩斯结识了教区牧师朗德黑先生，称他是一位考古学家。朗德黑先生一表人才，和蔼可亲，作为一个中年人，非常有学识而且了解当地的情况。一次在他的教区喝茶的时候，认识了墨梯莫·特雷根尼斯先生，一位靠自己谋生的绅士。他租用牧师那座又大又分散的住宅里的几个房间，因而增加了牧师的微薄收入。这位教区牧师也乐于这种安排，虽然他同这位房客很不相同。特雷根尼斯先生又瘦又黑，戴副眼镜，弯着腰，使人感到他的身体有些畸形。我清楚地记得在我们那次交往过程中，牧师喋喋不休，而这位房客满面愁容地坐在一边，眼睛并不看我们，显然另有心事。

福尔摩斯探案全集

三月十六日,周二,早餐过后,我和福尔摩斯正抽着烟,准备到沼泽地去游逛一番,这两个人突然来访。

"福尔摩斯先生,"牧师激动地说,"昨晚出了一件前所未有的奇怪而悲惨的事,老天有眼,您在这儿,整个英格兰,您是我们唯一需要的人。"

我用不友善的眼光上下打量这位闯进来的牧师,但福尔摩斯从嘴里抽出烟斗,从椅子上坐起来,就像一只老练的猎犬听见了什么动静。他用手指指沙发。我们惊慌不安的访客和他那焦躁不安的同伴紧挨着在沙发上坐下来。墨梯莫·特雷根尼斯先生比牧师的控制能力稍好一些,但是他那双瘦瘦的手不停地抽搐,黑色的眼珠炯炯发光,这说明此刻他们二人的情绪相差无几。

"我说,还是你说?"他问牧师。"嗯,不管怎样,看来是你发现的,牧师也是从你这里得知的,还是你说吧。"福尔摩斯说道。

我发现牧师的衣服是匆匆套上的,他旁边坐着的房客却衣冠端正。福尔摩斯几句简单的推论使他们诧异不已,我觉得非常好笑。

"还是我先说几句吧,"牧师说道,"然后您看是否有必要请特雷根尼斯先生详谈,或者我们是否该去现场看一看。我先说,昨天晚上在特里丹尼克瓦萨的房子里,我们的朋友同他的两个兄弟欧文、乔治和妹妹布伦达聚到一起。这个房子在沼地上的一个石头十字架附近。他们在餐桌上玩牌,体力充沛,兴趣极高。刚过十点钟,他就离开了他们。他总是很早起床,今天早上吃早餐之前,他向那里走去。理查德医生的马车赶到了他的前面,理查德医生说刚才有人

最后的致意

请他到特里丹尼克瓦萨去看急诊。墨梯莫·特雷根尼斯先生于是与他同行。他到了特里丹尼克瓦萨,怪事出现了。他的两个兄弟和妹妹仍然像昨晚他离开时一样,坐在桌旁,但妹妹僵死在椅子上,两个兄弟在她两边又是哭又是叫——他们疯了。纸牌仍然在他们面前,蜡烛烧到了烛架底。三个人——一个死了,两个发了狂——他们的脸上都呈现出一种惊恐的表情,那样子简直叫人不敢正视。除了老厨师兼管家波特太太以外,没有别人去过。波特太太说她睡得很熟,没听到晚上有什么声音。没有东西被偷或翻过的迹象,那么是什么事使一个女人被吓死,两个身强力壮的男人被吓疯呢?真是没法解释。简而言之,情况就是这样,福尔摩斯先生,如果您能帮我们打破谜团,就再好不过了。"

起初我满心希望可以分散我的朋友的注意力,回到我们的出行计划之中,可是我一看见他双眉紧锁、一脸兴奋的样子,就知道我的努力失败了。他默然坐了一会儿,专心致志地在思考这一桩打破我们平静生活的怪事。

"让我考虑一下,"他最后说道,"看来这件案子的性质很不一般。你本人去过那里,是吗,朗德黑先生?"

"没有,福尔摩斯先生。特雷根尼斯先生回来说起这件事,我就立刻和他赶到这儿来了。"

"出事地点离这儿多远?"

"大约一英里。""那么让我们一起走过去吧。不过在此之前,墨梯莫·特雷根尼斯先生,我必须问你几个问题。"特雷根尼斯一直

没有说话。不过，我看出他在竭力抑制着激动的情绪，他的激动似乎比牧师的莽撞情感还要强烈。他眉头紧锁，面色苍白地坐在那里，惴惴的目光盯着福尔摩斯，两只干瘦的手抖动着，紧握在一起。作为一个旁听者，他在一旁听到骨肉同胞所遭到的不幸时，苍白的嘴唇不停地抖动，黑色的眼睛好像透露出对当时情景的心有余悸。

"你请问吧，福尔摩斯先生，"他急切地说，"是件倒霉的事，不过我会尽量回答的。""谈谈昨天晚上的情况吧。""好的，福尔摩斯先生。我在那里吃过晚饭，正像牧师所说的，我哥哥乔治建议玩一局惠斯特。我们坐下来打牌时是九点钟左右。我是十点一刻离开的。我走的时候，他们还围在桌边，兴致盎然。"

"谁送你出门的？""波特太太已经睡了，我自己开的门。他们那间屋子的窗户关着，百叶窗没有放下来。而今天早晨，门窗依旧，没有外人进去的痕迹。然而，他们还坐在那里，被吓疯了，布伦达被吓死了，脑袋耷拉在椅臂上。我永远无法忘记那种悲惨的景象。"

"这当然非常奇怪，"福尔摩斯说，"我想，你本人也不能解释这些情况吧？""是魔鬼，福尔摩斯先生，是魔鬼！"墨梯莫·特雷根尼斯叫喊道，"它不属于这个世界。有一样东西进了那个房间，扑灭了他们的理智之光。人类怎能有力量做到这一点呢？""我担心，"福尔摩斯说，"如果这件事是人力不能企及的，当然也是我无能为力的。但是，在我们不得不相信这种结论之前，我们最好尽力用一切合乎逻辑的解释。至于你自己，特雷根尼斯先生，既然他们住在一起，你自己却另有住处，我想你和他们是分家了吧？""是这样，福

最后的致意

尔摩斯先生,虽然事情早已经过去,但我还是要说一下。我们家本来是雷德鲁斯的锡金矿矿主,后来,我们将这风险较大的企业转卖给了一家公司,所以日子过得还不错。我不否认,为了钱财的分配,我们起了一些摩擦,不过我们已经前嫌尽弃了。现在我们关系很好。"

"回想一下这个可怕的夜晚,在你的记忆中是否有什么线索可以说明这一悲剧?仔细想想,特雷根尼斯先生,因为任何线索对我都是有用的。"

"什么也没有,先生。""他们情绪正常吗?""非常好。""他们是不是有点神经质?有没有流露出将会有危险发生的任何忧虑情绪?""根本没有。"

"你不能再提供可以帮助我查清真相的事了吗?"

墨梯莫·特雷根尼斯认真地考虑了一会。"有一件事,"他说,"当我们坐在桌边时,我背朝着窗户,我哥哥乔治和我是牌伴,他面向窗户。偶尔我发现他总是朝我背后张望,就也转过头去看,百叶窗还没拉下来,窗户是关闭的,草地上的树丛里好像有什么东西在移动。是人还是动物,我说不上来,总之我想那儿有个东西。我问他在看什么,他说他也有同样的感觉,就这些。"

"你没去看一下吗?""没有,根本没把它当回事。""你离开他们时,没有任何凶险之征兆?""根本没有。""为什么你今天早上那么早就得知消息了呢?""我是一个习惯早起的人,经常在早餐之前散步。今天早上我还没来得及去散步,医生坐着马车就赶到了。他

对我说,是波特老太太捎急信给他,说出了大事。我跳入马车紧靠他坐着,然后就上路了。到了那里后,我们望着那间恐怖的房间。蜡烛和炉火一定在几个钟头之前就已经烧完,他们三个人一直坐在黑暗中,直到天亮。布伦达斜靠在椅臂上,脸上带着那副表情,医生说她至少已经死去六个钟头,但她身上无一点遭受暴力的迹象。乔治和欧文在断断续续地唱歌,喃喃地在说什么,就像两只大猩猩。啊,看了真是恐怖!我受不了。医生的脸变得惨白,像一张纸。他有些头晕,倒在椅子上,差点儿要我们去照顾他。"

"怪事——太奇怪了!"福尔摩斯说着就站了起来,手拿起帽子,"我看,我们,现在就到特里丹尼克瓦萨去一趟,不能耽搁。我承认,有这么一个奇怪开头的案子,我还真是很少见过。"

第一天早晨的调查毫无进展。值得一提的是,刚开始调查时,一件意外的事在我头脑里留下了很不吉利的印象。通向发生悲剧地点的是一条狭窄蜿蜒的乡村小巷。正当我们的马车前行时,一辆马车"嘎吱嘎吱"地向我们驶来,我们为它让路。马车驶过时,我从车窗里看见一张歪曲得可怕的龇牙咧嘴的脸在窥视着我们,那瞪视的眼睛和紧咬着的牙齿从我们面前一闪而过,如同一个可怕的幻影。

"我的兄弟们!"墨梯莫·特雷根尼斯嘴唇发白地叫道,"他们要被送到赫尔斯顿去。"我们心存余悸,眼看着这辆黑色马车远去。然后我们来到使他们惨遭不幸的那座凶宅。

这座住宅大而明亮,根本不是村屋,而是一座小别墅。它旁边是一个大花园。此时的季节里,已是满园春色。花园对着起居室的

最后的致意

窗户。据墨梯莫·特雷根尼斯说,那个恶魔似的东西肯定是在花园里出现的,一下子把兄弟两人吓成了疯子。福尔摩斯在花园里漫步沉思,又沿着小路查看。后来,我们进了门廊。值得一提的是,他是那么专心致志以至于把浇花的水壶绊倒了,弄湿了我们的脚和花园上的小径。进了屋,我们遇见了那位老管家波特太太,由一个小姑娘协助她料理家务。她欣然回答了福尔摩斯的问题。晚上,她没听见任何动静。她的东家近来情绪非常好,从没有这样高兴过。今天早上,她被屋内三兄妹的情形吓晕了过去。苏醒后,打开窗户换新鲜空气,然后立即跑到外面小巷里叫一个村童去找医生帮忙。那个死去了的女人,她就躺在楼上的床上。四个身强力壮的男子才把兄弟两人放进精神病院的马车。波特太太不想在这里多呆半天,当天下午就打算回圣伊弗斯去。

我们上楼看了尸体。布伦达·特雷根尼斯小姐虽已人到中年,仍是一位非常漂亮的女郎。死后,那张清秀俊俏的脸上带着某种惊恐的表情,这是她在死前流露的最后一丝情感。离开她的卧室,我们下楼来到发生这起悲剧的起居室,炉栅里还留着隔夜的炭灰。桌上有四支烧尽的蜡烛,纸牌散满桌子。椅子已经搬回去靠着墙壁,其余的一切都原封未动。福尔摩斯在屋里轻手轻脚但动作敏捷地来回走动,他试坐了那三把椅子,把椅子拖动一下又放回原处,又试了一下能看到花园的多大范围,然后又检查了地板、天花板和壁炉。可是,每一次我都没有看见他那种两眼突然发亮、双唇紧闭的表情,因为每当这种表情出现就代表在黑暗中他已经寻找到一丝光明。

"为什么要生火呢?"有一次他问道,"在春天的夜晚,他们在这间小屋里生火干嘛?"墨梯莫·特雷根尼斯解释说,那天晚上冷而潮湿,所以他来了之后就生了火。"您现在要做什么,福尔摩斯先生?"他问道。

我的朋友微笑了一下,一只手按住我的胳膊。"华生,我想我在研究你经常责备而且责备得很正确的烟草中毒。"他说,"先生们,我们现在要回住所去,如果你们允许的话。我认为这里不会再有新的情况值得我们注意。我要好好考虑一下情况,特雷根尼斯先生。有什么事,我一定会通知你和牧师的。现在,祝你们两位早安。"

我们回到波尔湖别墅一会儿,福尔摩斯就打破了他的沉默。他缩在靠椅里,吸着烟,青烟缭绕,隔着烟雾我隐约看见他紧锁双眉,两眼茫然无物。最后,他放下烟斗,跳了起来。"这可不行,华生!"他笑着说道,"让我们一起沿着悬崖去走走,寻找火石箭头。如果让我选择,我愿去寻找火石箭头。开动了脑筋,却没有足够的材料,就如同让一部引擎空转,会有损失的。有了海边的空气、阳光,再加上耐心,华生——一切都会有的。"

"现在,让我们冷静地分析一下现在的情形,华生,"我们来到悬崖边时,他接着说,"我们要把我们已经确定的一点情况紧紧抓住,这样,一旦有新的情况出现,我们就可以使它们对上号。首先,我们排斥掉那种魔鬼惊扰了世人的说法,然后再来开始我们的工作。是的,有充分根据说明三个人遭到了某种有意或无意的人类所发出

最后的致意

的严重袭击。那么，是什么时候发生的呢？如果说墨梯莫·特雷根尼斯先生所说的情况属实，那么显而易见是在他走后不久发生的。这很重要，不妨假设是在他走后几分钟之内发生的事。因为牌还在桌子上，他们也没有改变位置，甚至也没有把椅子推到桌子下面，而平时的睡觉时间已过。是的，是在他前脚离开后脚就发生的，不迟于昨晚十一点钟。

"我们下一步就是要尽力设法调查一下墨梯莫·特雷根尼斯先生离开之后做了什么。这方面没有障碍，而且也毋庸置疑。我的方法你是知道的。你一定已经意识到我笨手笨脚绊倒水壶的用心。这样，我就在潮湿的沙土小路上得到了他的脚印，比用别的办法取得的脚印清晰多了。真妙，你记得昨天晚上也是很潮湿，有了标本，就可以查看他的行踪，所以可以毫不费力地断定他的行动。看来，他是朝牧师住宅那个方向快步走去的。

"如果墨梯莫·特雷根尼斯有充分证据不在现场，而是外人惊动了玩牌的人，那么我们如何发现这个人呢？这样一种恐怖的感觉又是如何产生的呢？波特太太显然是无辜的，是不是有人趴在花园的窗口上，制造了某种可怕的效果，把看到他的人吓疯了？有没有这方面的证据？这方面的唯一的推断是墨梯莫·特雷根尼斯本人提出来的。他说他哥哥看见花园里有动静。这非常奇怪，因为那天晚上下雨，天空中多云，因而漆黑一片。如果有人存心要吓唬这几个人，他就得在别人发现他之前把他的脸紧贴在玻璃上，可是没有发现有脚印。更无法想象的是，外面的人怎么能使屋里的几个人产生如此

可怕的感觉？何况这种煞费苦心的举动究竟出于什么目的呢？你看出我们的处境了吗，华生？""困难是再清楚不过了。"我十分明白地回答说。

"但是，如果我们有更多的材料，或许可以证明这些困难不是无法清除的，"福尔摩斯说，"华生，你那些内容广泛的案卷中大概也有模糊不清的案卷。此刻，我们且把这个案子放在一边，等有了更加确切的材料再说。早上还有一点时间，我们就来追踪一下新石器时代的人吧。"

我本想谈谈我朋友全神贯注思考问题的那种毅力，可是，在这康沃尔春天的早晨，他十分轻松愉快地谈了整整两个钟头的石凿、箭头和碎瓷片，好像揭开那一个险恶的秘密与他无关似的，这使我非常惊异。直到下午我们才回到我们的住所，发现已有一位来访者在等着我们。他立刻把我们的思路重又带回到我们要办的那件事上。我们两个都立刻就知道这位来访者是谁了。他高大魁梧的身材，在严峻而布满皱纹的脸上是一双凶狠的眼睛，鹰钩鼻子，腮边有金黄色的胡子——留有烟斑的嘴唇边的胡子则是白的，灰白的头发几乎擦到天花板，所有这一切，无论在伦敦还是在非洲一样都是人们所熟悉的，并且只会使人想到这是伟大的猎狮人兼探险家列昂·斯特戴尔博士的高大形象。

他到了这一带，我们已经听说了，偶尔也在乡路上瞥见过他那高大的身影。我们互相没有太多的接触，因为，众所周知他喜欢隐居。在旅行间歇期间，他一般住在布尚阿兰斯森林里的一间小平房

最后的致意

里，在书堆和地图堆里过着他简朴的生活，深居家中，从来不管左邻右舍的事情。因此，当他殷切追问福尔摩斯在追查这一案件中是否有进展的时候我感到十分惊奇。"郡里的警察毫无方法，"他说，"不过，你经验丰富，也许早已做出某种圆满的解释。请你把我当作知己，因为我在这里是常客，对特雷根尼斯一家很了解——说真的，我母亲是科尼什人，从我母亲那边来算，他们还是我的远亲呢。对于他们的不幸遭遇我感到十分震惊，我原本打算去非洲并且已经到了普利茅斯，今早得到消息后，又急忙赶回来，看能不能对你有所帮助。"

福尔摩斯抬起头来。

"你因此误了船期吧？"

"我还可以赶下一个班次。"

"哎呀！真是义气当先啊。"

"我刚才对你说了，我们是亲戚。"

"是这样——你母亲的远亲。你的行李在船上吧？"

"有几样行李上了船，不过主要行李还在旅馆里。"

"哦，但是，这件事还不至于已经登上了普利茅斯晨报吧？"

"没有，先生，我收到了电报。"

"请问是谁打的电报？"

这位探险家瘦削的脸上掠过一丝不快。

"你真能打破沙锅问到底呀，福尔摩斯先生。"

"这是我的工作。"

福尔摩斯探案全集

斯特戴尔博士稍稍定了定神，恢复了常态。

"不妨告诉你，"他说，"是牧师朗德黑先生发电报让我回来的。""谢谢你，"福尔摩斯说，"我可以这么回答你的疑问——我对这一案件至今尚未全部搞清，虽然有希望做出某种结论，但如果要做更多的说明则时机尚未成熟。"

"如果你已经有准确的怀疑对象，不会不愿意告之于我吧？"

"嗯，这一点很难回答。"

"那么，我是浪费时间了，就此告辞啦。"这位著名的博士走出门去，似乎大失所望。五分钟后，福尔摩斯盯上了他。一直到晚上，才看见福尔摩斯满面憔悴地拖着疲惫的步子回来。我知道，他的调查肯定没什么进展。桌上有封电报，他看了一眼，扔进了壁炉。

"电报是从普利茅斯的一家旅馆拍来的，华生，"他说，"从牧师那里了解到旅馆的名字，我立刻向那儿拍了一封电报，回电是列昂·斯特戴尔博士所说的完全属实。看来，昨天晚上他的确是在旅馆度过的，的确曾把一部分行李送上去往非洲的船，自己则回到这里来了解情况。关于这一点，你有什么想法，华生？"

"事情和他大有关联。""大有关联——对。这团乱麻的头儿我们还未发现，这一点至关重要。振作起来，华生，全部材料还没有到手。一旦到手，我们就立即可以把困难远远置于脑后了。"

我从来都没去想过，福尔摩斯的话多久才能实现，黑暗中乍见曙光又是多么困难。早晨我正在窗前刮胡子，听见"嗒嗒"的马蹄声。我向外一看，只见一辆马车从那头飞驰而来，并在我们门口停

最后的致意

下。我们的朋友——那位牧师——跳下车向花园小径跑来。福尔摩斯已经穿上衣服，出去迎接他。我们的客人紧张得语无伦次。最后，他气喘吁吁地开始叙述起他的可悲故事。

"魔鬼缠上我们了，福尔摩斯先生！我可怜的教区被魔鬼缠上了！"他喊道，"是撒旦亲自施展妖法啦！我们都在他的魔掌中啦！"他手脚颤动，激动不已。如果不是他那张苍白的脸和恐惧的眼睛，他简直滑稽极了，最终他说出了一个可怕的消息，"墨梯莫·特雷根尼斯先生昨晚死去了，迹象特征与他的妹妹一样。"福尔摩斯立刻精神紧张地站了起来。

"你的马车可以带上我们两个吗？""当然。""华生，早餐我们不吃啦。朗德黑先生，我们跟你走。快——快，趁现场还没被破坏。"这位房客租了牧师住宅的两个房间，上下各一间，下面一间是大起居室，上面一间是卧室，都在一个方位。这两间房外面是一个打棒球的草地，一直延伸至窗前。由于我们比医生和警察先来，所以现场没有被破坏。这是一个多雾的三月早晨。现在我向读者描绘一下我们所见到的情景，它给我留下的印象使我永生难忘。

房间里闷热而且阴沉，如果不是首先进屋的仆人打开窗子，简直令人无法忍受，也可能这和房间里正点着一盏冒烟的灯有关。死人仰靠在桌旁椅子上，稀疏的胡子竖立着，眼镜已推到前额上，又黑又瘦的脸对着窗口。恐怖已经使他的脸扭曲得不像样子了，和他死去的妹妹一样。他好似死于一种极度恐惧之中，四肢痉挛，手指紧扭着，衣着倒很完整，但似乎是他在慌乱中匆忙穿好的。据了解，

他已经上过床,他是在凌晨惨遭不测的。

　　如果你要是当时看到福尔摩斯走入凶宅一刹那所发生的突然变化,你就会看出他在冷静外表下所深藏的活力了。他立刻变得紧张而警惕,眼睛发光,板起面孔,由于过分激动,四肢开始发抖。他时而走到外面的草地上,时而从窗口钻进屋里,时而在房间四周巡视,时而又回到楼上的卧室,真像一只猎狗在行动。他迅速地在卧室里环顾一周,然后推开窗子。似乎某种新的发现使他感到兴奋,因为他把身体探出窗外后大声地欢叫。然后,他冲到楼下,从开着的窗口钻出去,躺下去把脸贴在草地上,又站起来,再一次回到屋里,如一个体力充沛的猎人发现了猎物的踪迹一样。那盏灯是很常见的灯,他认真做了检查,量了灯盘的尺寸,用放大镜查看盖在烟囱顶上的云母挡板,并刮下了附着在烟囱顶端外壳上的灰尘,装进信封,夹在他的笔记本里。最后医生和警察出现时,他招手叫了牧师和我一同来到外面的草地上。

　　"我很高兴的是我们的调查并非一无所获,"他说道,"我无法留下来同警官讨论这件事。但是,朗德黑先生,请你替我向警察人员致意,并请他们注意卧室的窗子和起居室的灯,它们都有问题。如果能将二者联系起来,几乎可以水落石出了。如果警方想进一步了解情况,我可以在我的住所和他们见面。华生,现在我想或许可以到别处去看看。"

　　可以肯定的是,在随后的两天里我们没从警察那里得到任何消息,也许是警察对私人侦探插手的反感,也许警察自以为是地在调

最后的致意

查呢。在这几天里，福尔摩斯始终不离别墅一步，在那里冥思苦想，有时也在村里独自散步，回来后也不说话。我们做了一个试验，它使我们掌握了些情况。他买了一盏灯，和惨死的墨梯莫·特雷根尼斯房间里的那盏一模一样。他在灯里装满了牧师宅子里的那种灯油，并且极其细心地记录了灯油耗尽的时间，而那个实验我永生不会忘记，它令人难以容忍。

"华生，你记得吗，"有一天下午他对我说，"在我们接触到的互不相关的情况中，只有一点相似之处，就是最先走入案发房间的人都感到一种窒息的气氛。墨梯莫·特雷根尼斯描述他和医生到他哥哥家里去的情况时，说医生一走进屋里就倒在椅子上了。你还记得吗？不记得了？现在，我可以解答这个问题了。情况是这样的。你还记得女管家波特太太对我们说过，她走进屋里也昏倒了，后来打开了窗子。第二起案子——也就是墨梯莫·特雷根尼斯自己死了——不知你是否记得，当我们进屋的时候也觉得气闷，虽然仆人已经打开了窗子，后来我才了解到，那个仆人去睡觉是因为身体感到不适。你要承认，华生，这些事实可以证明两处作案地点都有有毒的气体，两处作案的房间里也都有同样的东西在燃烧——一处是炉火，另一处是灯。烧炉子是需要的，但是点灯——比较一下耗油量就清楚了——大白天的，为什么要点灯呢？点灯，令人气闷的气体，还有那几个不幸的人的遭遇，这三件事当然是互相有联系的，这难道不明白吗？"

"看来是如此。"

"我们起码可以把这一点当成一种有用的假设。然后，我们再假定，两案中所烧的某种东西产生了一种气体，并起到了奇特的致人中毒的作用。第一案中——特里丹尼克瓦萨家里——这种东西是放在炉子里的。窗子是关着的，炉火使烟雾扩散进了烟囱。这样，中毒的情况就不像第二个案子中的那么严重，因为在第二案中，房间里的烟雾无处可散。看来，情况是这样的，在第一案中，只有女性死了，可能是相对来说女人的体质稍差一些，男子体质相对较好，产生不论是短时间的精神错乱或者是长期精神错乱，都是由于毒药的作用不充分。在第二案中，它则产生了充分的作用。看来事实证明是由于燃烧而放出的毒气所致。

"当在我的脑海里形成这一系列推断后，当然会在墨梯莫·特雷根尼斯的房间里四处查看，找一下有没有什么地方残留了这种东西。明显的地方就是油灯的云母罩或者防烟罩。果然，我在这上面发现了一些灰末，而且在灯的边缘还发现了一圈没有烧尽的褐色粉末。你当时看到了，我取了一些放入信封。"

"为什么只取一些呢，福尔摩斯？""我亲爱的华生，我不能妨碍官方警察的行动。我把我发现的全部证物都留给他们一部分，云母罩上还有毒药，只要他们有明辨的能力去找。华生，现在让我们把灯点上，但得打开窗子，避免两个有存在价值的公民过早丢掉性命。请你靠近打开的窗子，坐在靠椅上，除非你不愿参与这个实验。噢，你会参加的，对吧？我想我是了解的。我把这把椅子放在你对面，我们两人面对面。你和我跟毒药保持同样的距离。房门半开着，

最后的致意

我们互相看着对方。只要不出现危险症状，我们就把实验进行下去。明白吗？好，我把药粉——从信封里取出来，放在点燃的灯上。行啦！华生，我们坐下来，静观其变。"

没多久就有事发生了。我刚坐下就闻到一股浓浓的麝香气味，细微却令人作呕。第一阵气味袭来的时候，我的脑袋开始不由自主了。我眼前出现一片浓黑的烟雾，但我心里还明白，在这种虽然是看不见的，却压抑人的理性的黑烟里，潜伏着宇宙间所有极其恐怖的、怪异而不可思议的邪恶东西。在浓黑的烟云中游荡着模糊的幽灵，每个幽灵都预示着某种威胁将会出现。一个恐怖的人影来到门前，几乎要把我的心撕裂。一种阴森的恐怖控制了我。我感到毛发竖立，眼凸口张，舌头已经发硬，大脑一片迷乱，准是有什么东西错位了。我想喊叫，好像听见自己的声音是一阵嘶哑的呼喊，离我很遥远，使我身不由己。就在这时，我想到了跑开，于是冲出那令人恐怖的烟云。我一眼发现福尔摩斯的脸像死人一样苍白、僵硬、呆板，充满了恐怖。这一景象在片刻之间使我神志清醒，给了我力量。我推开椅子，跑过去抱住福尔摩斯。我们两人一起歪歪斜斜地奔出了房门。我们躺倒在外面的草地上，感觉到明亮的阳光在一点点驱散那股曾经围困住我们的地狱一样的恐怖烟云。烟云慢慢从我的心灵中消散，就像雾气消散在山云间，直到平静和理智回来。在草地上，我们坐着，擦了擦既冷又湿的额头，满怀忧虑地互相端详，仔细辨别经过这场历险后所留下的最后的痕迹。

"说真的，华生！"福尔摩斯最后声音颤抖着说，"我既要向你

致谢又要向你道歉。即使对我自己来说,这个实验也是有争议的,对你来说就更不该了,我不应该随便视生命如儿戏。""你知道,"我激动地回答,因为我对福尔摩斯的了解从来没有像现在这样深刻,"能够帮你,这使我尤其高兴。"

他不久就恢复了半幽默半讥讽的神情,这是他对周围人的一种惯有的态度。"亲爱的华生,叫我们两个人发疯,那可是多此一举,"他说,"在我们开始这个实验之前,诚实的观察者肯定早已料定我们是发疯了。我承认,我没想到效果如此猛烈和突然。"他跑进屋里,又跑出来,手上拿着那盏还在燃着的灯,手臂伸得直直的,使灯尽量远离自己。他把灯扔进了荆棘丛中。"一定要让屋里换换空气,华生,我想你对这几起悲剧的产生已经心中有数了吧?"

"毫无疑问。"

"但是,根源却依旧没有找到。我们到这个凉亭里去一起研究一下吧。这个可恶的东西似乎还卡着我的喉咙。我们必须承认,一切都证明是墨梯莫·特雷根尼斯这个人干的。他是第一次悲剧的罪犯,尽管他是第二次惨剧的受害者。第一,我们知道,他们兄弟闹过纠纷后又重归于好。当然我们不知道纠纷闹到什么程度又和好到什么样子。当我看到墨梯莫·特雷根尼斯那张狡猾的脸和镜片后面那阴险的小眼睛时,我就不相信他是一个诚实的人。不,他不是这样的人。而且,他说有关花园内有动静之类的谎话,曾经一度引开了我们的注意力,使我们对真正起因有所忽视。他是存心想把我们引入歧途。而且,如果不是他在离开房间的时候把药粉扔进火里,那么

最后的致意

还会是谁呢？事情发生在他刚一离开的时候，如果另有别人进来，屋里的人当然会从桌旁站起来。此外，康沃尔十分安静，人们在晚上十点钟以后一般就不再外出做客。所以，我们可以这样说，墨梯莫·特雷根尼斯是嫌疑犯。"

"那么，他自己是自杀而死啦！" "嗯，华生，从表面上看，这种假设有可能。如果一个人给自己家里带来如此沉重的灾难而心灵上常常自责，会因为这种自责而自杀的。可是，这里有无可辩驳的理由可以推翻这一假设。在英格兰有一个人了解全部情况，我已经安排好了，今天下午他就能亲口说出真情。啊！他提前来了。请到这边来，列昂·斯特戴尔博士。我们在屋里刚刚做过一次化学实验，现在那间小房子不适合接待你这样一位贵客。"

随着花园的门"咔嗒"一声响，这位高大的非洲探险家的威严身影在小路上出现，他转身向我们所在的凉亭走来。"是你请我来的，福尔摩斯先生。大约在一个钟头之前我收到你的信。我来了，虽然我目前尚不清楚我来到底要做什么。"

"也许我们在这里可以把事情的真相搞清，"福尔摩斯说，"此刻，我十分感激你愿意以礼相待，光临寒舍，室外接待很是不周，请原谅。我的朋友华生和我现在将为名为《科尼什的恐怖》的文稿增写新的一章，我们目前需要清新的空气。但我们不得不讨论与你可能息息相关的事情，所以我看最好找一个不能被人发现的地方谈谈才好。"探险家从嘴里取出雪茄，铁青着脸看着我的同伴。

"我有疑问，先生，"他说，"你要谈的事情和我怎么会息息相

177

关呢?""墨梯莫·特雷根尼斯的死。"福尔摩斯说。就在这一霎时,我想如果我要是全副武装该有多好。斯特戴尔那副狰狞面孔"刷"的一下变得绯红,两眼直瞪,额上一节一节的青筋都蹦起来了。他双拳紧握,冲向我的同伴,紧接着又站住,用尽全力使自己保持在一种冷酷而僵硬的平静之中,但他这样子比此前更令人感觉到潜在的威胁。

"我经常与野人厮混,不受法律的约束,"他说,"因此,我早以为自己就是法律了。福尔摩斯先生,这一点,你最好还是知道,因为我并不想加害于你。""我也不想加害于你,斯特戴尔博士。所以事实上,虽然我知道就是你干的,还是没有去找警察而先找你。"斯特戴尔喘着气坐下了,他畏缩了。这在他的冒险生涯中可能还是第一次,福尔摩斯那种镇静自若的神态令人无法抗拒。我们的客人霎时间焦躁得两只手时而放开,时而紧握。

"这是什么意思?"他终于问道,"你休想恐吓我,福尔摩斯先生,别绕圈子了。你是什么意思?""我来告诉你,"福尔摩斯说,"我告诉你,是因为我希望将心比心。我的下一步行动完全由你的辩护的性质来决定。"

"我的辩护?"

"是的,先生。"

"辩护什么呢?"

"对于杀害墨梯莫·特雷根尼斯的控告的辩护。"

斯特戴尔掏出手绢擦擦前额:"说真话,你步步逼近了,"他说,

最后的致意

"你的每次成就的取得都是靠这种虚张声势的力量吗?"

"是你虚张声势,"福尔摩斯严肃地说,"列昂·斯特戴尔博士,并不是我。我的证明是在事实基础上的。你从普利茅斯回来,而把大部分财物运往非洲,这首先使我明白,你本人是构成这一戏剧性事件的重要因素……"

"我回来是……"

"你回来的理由,你已经说了,我认为既不令人信服也非常不充分。这暂且不提。你来问我怀疑谁,我没有答复你,你就去找牧师。你在牧师家外面等了一会儿,最后回到你自己的住处去了。"

"你怎么知道?"

"我在后面跟踪你。"

"我没有发现有人。"

"既然我要跟踪你,当然不能让你发觉。你一夜未眠,拟好计划准备在第二天清晨去实行。天刚破晓你就出了房门,你的门边放着一堆淡红色的小石子,你拿了几颗放进衣服兜里。"斯特戴尔猝不及防地一愣,吃惊地看着福尔摩斯。

"你住的地方离牧师家有一英里,你很快到了他家。当时,你穿的就是现在你脚上的这双有棱的网球鞋。你穿过牧师住宅的花园及其篱笆,走到特雷根尼斯租处的窗下。当时虽然天已大亮,可屋里没任何动静,大概他还没起床。你从口袋里取出小石子,往窗台上投。"斯特戴尔一下站了起来。"你简直是个魔鬼!"他嚷道。

福尔摩斯对此褒赞报以淡淡一笑。"在特雷根尼斯还没来到窗前的时候，你丢了两三把小石子。你叫他下楼，他连忙穿好衣服，下楼到了起居室。你是从窗子进去的，你们在一起的时间很短。在一起时，你在屋里不停地踱步。然后你出去了，关上了窗子，站在外面的草地上，抽着雪茄观察屋里发生的情形。最后，等到特雷根尼斯死了，你就又从来路回去了。现在，斯特戴尔博士，你怎么能解释你这种行为的合法性呢？行为的动机是什么？如果有谎话或是胡说八道，我可以保证这件事就不会再由我管了。"客人听了他的这番话，脸色变得苍白。他坐在那儿考虑了一会儿，两只手掩住了脸。突然在一种力量的驱动下，他从前胸口袋里取出一张照片，扔到我们面前粗糙的石桌上。"我是为了她。"他说。

这是一张半身相片，相片上有一个非常美丽的女人面孔。福尔摩斯弯腰看那张相片。"布伦达·特雷根尼斯。"他说。

"对，布伦达·特雷根尼斯，"客人重复了一遍，"多年来，我们互相深爱着。这就是人们深感惊奇的我在科尼什隐居的原因。隐居是为了接近这世界上我最心爱的一个人。我不能娶她，因为我有妻子。我妻子离开了我很多年，可这令人可叹的英格兰法律却使我们不得不维持名存实亡的婚姻。布伦达等了好多年，我也等了好多年。现在，这就是我们等待的结果。"他巨大的身躯因沉痛的呜咽而颤动，他用一只手捏住他那花斑胡子下面的喉咙。他尽力控制住自己，继续往下说。

"牧师知道我们的秘密。他会告诉你，她是一个人间的天使。因此，一接到牧师的电报，我就回来了。当我得知我的心上人遭到了

最后的致意

这样的不幸时,行李和非洲对我来说就无足轻重了。我回来后,福尔摩斯先生,你是掌握了我的行动线索的。"

"继续。"我的朋友说。斯特戴尔博士从口袋里取出一个纸包,放在桌上。纸上写着"Padix Pedis diaboli"几个字,下面盖有一个表示有毒的红色标记。他把纸包推给我。"我知道你是医生,先生,你听说过这种制剂吗?""'魔鬼脚跟'!没有,从来没听说过。"

"这也不能责备你,"他说,"除了布达的实验室有唯一的标本外,在欧洲别的地方根本就没有了。药典里和毒品文献上也没有记载。这种根,长得像一只脚,一半像人脚,一半像羊脚,一位研究药材的传教士就给它起了这样一个有趣的名字。西部非洲一些地区的巫医把它当做试罪判决法的毒物,严加保密。我是在很偶然的情况下在扎伊尔得到这一稀有标本的。"他一边介绍一边打开纸包,一堆像鼻烟一样的黄褐色药粉露了出来。"还有呢,先生?"福尔摩斯严肃地问道。

"福尔摩斯先生,我把真相告诉你,你都已经了解了,事情显然和我利害攸关,应当让你了解所有情况。我之所以和特雷根尼斯一家维持关系,和他们兄弟几人友好相处,完全是因为他们的妹妹。他家里为钱发生过争吵,因而使墨梯莫与大家疏远。据说又和好了,所以后来我和他的关系,就像我和另外几个兄弟的关系一样。他阴险狡诈,诡计多端,有好几件事使我对他起了疑心,但是,我没有任何理由和他正面争吵。

"两个星期前的一天,他到我住的地方来,我给他看了一些非洲

古玩。我也把这种药粉给他看了，并且告诉了他此药的奇效。我告诉他，这种药能控制大脑中枢的情感，使人产生恐惧，并且告诉他，当非洲的一些土人受到部落祭司的试罪判决时，不是疯了就是死了。我还告诉他，欧洲的科学家也无法检验分析它。我不知道他是怎样拿走它的，因为我自始至终没有离开过房间。但后来想是毋庸置疑的，他是在我打开橱柜、弯腰去翻箱子的时候，偷走了一部分'魔鬼脚跟'。我记得很清楚，他一再问我产生效果的用量和时间。可是，我无论如何没有想到他问这些的真正用意。这事我也没放在心上，直到在普利茅斯收到电报，才意识到这一点。这个坏蛋认为，我已出海远离了这个地方，并且认为，一旦我到了非洲，就会几年中杳无音信，可是，我立刻赶回来了。我一听到详细情况，就怀疑是他使用了我的毒药。我来找你，希望你会做出某种其他的解释。可是，不可能有。我深信墨梯莫·特雷根尼斯是凶手，对于他谋财害命这一点我深信不疑。如果家里的人都精神错乱的话，他就成了共有财产的唯一监护人。他对他们施以毒手，害疯了两个，害死了布伦达——我最心爱的人，也是最爱我的人。他犯了罪，该怎样惩办他呢？

"我应当求助于法律吗？我没有证据。我知道事情是真的，可是怎样才能使一个由老乡们组成的陪审团相信这样一段离奇古怪的故事呢？也许可以，也许根本不行。但我不能失败，我要复仇。我对你说过一次，福尔摩斯先生，我的大半生没有受过法律的约束，到头来我有了自己的法律。现在正是如此，他也应该亲自体验一下别

最后的致意

人遭受到的苦痛，否则，我就要亲手主持正义。我是目前英格兰最不珍惜自己生命的一个人了。

"这就是一切情况，其余的情况是你本人查到的。正如刚才你所说的，经过一个坐立不安的夜晚，第二天一早我就离开了家。我估计很难把他叫醒，于是如你所说抓了些小石子，以便扔向他的窗户。他下楼来，让我从起居室的窗口钻进去。我当面揭露了他的罪行。我对他说，我对于他而言，既是法官又是死刑执行人。他见到我手中的手枪便瘫在椅子上了。我点燃了灯，洒上药粉。我在外面的窗口边站着，如果他想逃走，我就给他一枪。不超过五分钟他就死了。啊，天哪！他死啦！对于他所受的痛苦，我没一丝恻隐之心，我的心坚若磐石，因为我那无辜的心上人在他之前遭受了同样的痛苦。这就是我的故事，福尔摩斯先生。如果你有心爱的人，你也会这样做的，无论如何，我听从发落。你该怎么做就怎么做吧，我已经说了，没有哪个活着的人能比我更不怕死。"

福尔摩斯默默地坐了一会儿。

"对未来你有什么打算？"他最后问道。"我原来想使自己埋尸于非洲中部，我在那里的工作只完成了一半。""去完成剩下的一半吧，"福尔摩斯说，"至少我不会阻止你前去。"

斯特戴尔博士站起来，严肃地点头表示感谢，离开了凉亭。福尔摩斯点燃烟斗，把烟丝袋递给我。"没毒的烟可以换一换味道，令人轻松，"他说，"华生，我想你一定会同意，这个案件我们不用去干预了。我们所进行的调查是自主的，我们的行为也是自主的，你

不会去警察局告发他吧?""当然不会。"我回答说。"华生,我从来没有恋爱过。不过,如果我也恋爱过,我所钟爱的女人遭此悲惨的结局,也许我也会同这位视法律为无物的猎狮人一样去为爱人复仇。谁知道呢? 唔,华生,有些情况极其明显,我不再说了,免得无聊。窗台上的小石子当然是进行探索的起点。在牧师住宅的花园里,小石子显得非同一般。当我观察斯特戴尔博士和他住的村舍的时候,我才发现和小石子极其相似的东西。白天燃着的灯和留在灯罩上的药粉是这一线索上的另外两个环节。亲爱的华生,现在,我想我们已经完成我们的工作,我可以心无牵挂地回去研究有关迦勒底语的词根了,而这些词根一定要从伟大的凯尔特方言的分支科尼什里去挖掘。"

最后的致意

最后的致意

歇洛克·福尔摩斯的谢幕辞

八月二日晚上九点钟——这一时刻是世界历史上最可怕的时刻。人们也许意识到,上帝的诅咒使得这个堕落的世界显得如此沉闷无聊,闷热的空气中,有一种令人恐怖的静寂和无望的气氛。夕阳西下后的天空中留下血红色的斑痕,像裂开的伤口低垂在遥远的西边天际。空中的星光和船只的光亮交相辉映。两位著名的德国人伫立在花园人行道的石栏旁边。他们身后是一长排低矮沉闷的人字形房屋,他们脚下是一大片海滩上的白垩巨崖。冯·波克本人曾像一只游荡的山鹰,四年前就在这处悬崖上栖息下来。他们紧偎着低声密谋,从下面仰望,那两个发红的烟头如同恶魔的两只眼睛,在黑暗中冒着烟窥视着一切。

冯·波克卓越不凡,在为德国皇帝效忠的谍报人员当中,他几乎可算作是首屈一指的。由于他的精明才干,首先,他被派到英国担负一项极为重要的使命。自从他接受任务以后,世界上真正了解真相的那么五六个人才算越来越了解了他的才干。其中之一就是他现在的同伴、公使馆一等秘书冯·赫林男爵。此时男爵的那辆一百

马力的本茨轿车正停在乡间小巷里,等着把他的主人送回伦敦去。

"据我推断本周内也许你就要回柏林去,"秘书说,"亲爱的冯·波克,一旦你到了那儿,我想你会惊奇于你将受到的欢迎。我偶尔得知这个国家的最高当局对你工作上的一些看法。"秘书身材高大,说起话来缓慢而深沉,在政治生涯中,他一向如此。冯·波克笑了起来。"要骗他们很容易,"他说,"没有人比他们更加温良而单纯。""这我倒不知道,"秘书若有所思地说,"他们有一些莫名其妙的限制,我们必须学会服从这些限制。他们表面上的这种简单,对一个陌生人来说才是陷阱。他们给人的最初印象是温和之极;然后,你会突遭严厉的指责,使你自己明白自己的过火。一定要使自己适应这种状况。比如说,他们有他们偏执的习俗,那是必须遵守的。""你的意思是说'彬彬有礼'之类的东西吗?"冯·波克叹了一口气,好像在此方面吃过苦头。"我说的是各种稀奇古怪的英国式的偏见。就以我犯过的一次最严重的错误来说吧——我是有资格谈谈我自己的错误的,因为你如果了解了我的工作,也就会知道我的成就了。那是我初次来这儿,受到邀请去参加一位内阁大臣在别墅举行的周末聚会,令我吃惊的是谈话竟如此随便。"

冯·波克点点头,"我去过那儿。"他淡漠地说。"不用说,我自然把情报向柏林作了简要汇报。不幸的是,我们的首相对其极为大意,在广播里发表的谈话中泄露了他已经知道这次所谈的内容。这样一来,当然就追到我头上了。我这次吃的亏,你可不知道。我告诉你,在这种场合,英国可不是温和可欺的。我花了两年的时间来消除这次事件的影响。现在,像你这副运动家姿态……"

最后的致意

"不,不,别把它叫做姿态,姿态是人为的,我这是很自然的。我是有这样爱好的天生的运动家。"

"好啊,那就更见效了。你同他们赛艇、一起打猎、打马球,各项运动你都要和他们比一比,你的单人四马车在奥林匹克运动会上是得过奖的。听说你甚至还同年轻的军官比过拳击,结果又如何呢?没有人把你当回事。你是个'运动老行家','一个相当体面的德国佬',一个花天酒地、天不怕地不怕的人。你这所安静的乡村住宅向来是个阴谋的中心,在英国的破坏活动,有一半是在这儿谋划的。谁能想到你这位爱好体育的乡绅竟然是欧洲首屈一指的特工人员。天才,我亲爱的冯·波克——天才呀!"

"过奖了,男爵,不过我敢肯定四年中我在这个国家并未虚度光阴。我那个小小的库房还没有给您看过,您愿意进来一会儿吗?"

书房的门直通台阶。冯·波克推开门,在前面带路。他打开电灯开关,然后关上门,那个大块头的人跟在他身后。他仔细拉严花格窗上厚厚的窗帘,等到做完这一切,他才把他那张晒黑了的鹰脸转向他的客人。"有些文件已经不在这儿了,"他说,"昨天,我家人已经离开这里到福勒辛去了,他们随身带走了不太重要的文件。剩下的一些,我当然要求使馆给以保护。""你的名字已经列入私人随员名单,对你和你的行李不会有困难。当然,我们也可以不必离开,这也是可能的。英国不会丢下法国不顾而任后者听天由命,我敢肯定地说,英法之间尚未签订约束性的条约。""比利时呢?""比利时也是如此。"冯·波克摇摇头,"我真无法想象这怎么可以,明明有条约在那儿,比利时将永远陷于这一屈辱之中。""她可以暂时

获得和平。""那么她的荣誉呢?"

"哼!亲爱的先生,我们的时代是一个功利主义的时代,荣誉不过是中世纪人们所追求的概念罢了。此外,英国没有任何准备。我们的战争特别税高达五千万,我们的目的昭然若揭,就好像在《泰晤士报》头版上登广告一样,可偏偏英国人仍然沉睡在梦中,这真是不可思议。到处都在谈论这个问题,我的任务就是寻找答案;到处都出现一股怒气,我的任务就是平息怒气。不过,我可以向你保证,英国在最关键的问题上毫无准备:军需品储备,潜水艇袭击,安排制造烈性炸药。尤其是我们挑起了爱尔兰内战,闹得一塌糊涂,英国尚且自顾不暇,怎么可能参战呢?""她得想想自己的前途。""啊,这是另外一回事。我想,将来我们对英国会有非常明确的计划,而你的情报对我们至关重要。对于约翰·布尔先生来说,不是今天就是明天的事。如果在今天,我们已经做好了充分准备;如果在明天,我们的准备会更加充分。我倒认为,英国应当放聪明一些,参加盟国作战不如不参加,但这是他们自己的事。这周是决定他们命运的一周。你刚才谈到你的文件。"他坐在靠椅里,灯光照在他光秃秃的大脑袋上,他悠闲地吸着雪茄。

这个大房间镶有橡木护墙板,四壁是书架,远处角落挂着幕帘。拉开幕帘,露出一个黄铜大保险柜。冯·波克从表链上拿下一把小钥匙,在锁上一阵拨弄,打开了笨重的柜门。

"瞧!"他站在一旁用手一指说。保险柜里面被灯光照得亮堂堂的,秘书仔细地看着那里面一排排的充实的分类架。上面都贴有标签,标签上是一长串索引,像"浅滩"、"港口防御"、"飞机"、"爱

最后的致意

尔兰"、"埃及"、"朴次茅斯要塞"、"海峡"、"罗塞斯"以及其他等等。每一格里装满了文件和计划。

"真是太了不起了!"秘书说,他放下雪茄烟,两只胖手轻轻地拍着。"这都是四年里弄到的,男爵。这些对于表面上沉浸在酒和赛马中的乡绅来说,干得还不错吧。不过我的珍品就要到了,瞧,我已经给它备好了位置。"他指着一个空格,空格上面印着"海军信号"字样。"但你这里已经有了一份相同标题的卷宗材料啦。"

"早已过时,已成为一纸空文。海军部已有警觉,换掉了所有密码。男爵,这次打击是在我全部活动中最为严重的,幸亏我有存折和好帮手阿尔塔蒙。今天晚上会一切顺利的。"男爵看看表,失望地从喉咙里发出一声叹息。

"唉,我实在不能再等了。现在,卡尔顿大院里正在执行计划,这一点你是可以想象的。我们必须各忙各的,原以为可以将你获得巨大成功的消息带回去,阿尔塔蒙没有约定时间吗?"

冯·波克找出一封电报:

今晚一定带火花塞来。

阿尔塔蒙

"火花塞,唔?"

"他假扮的是汽车行家,我的身份则是开汽车行的。表面上我们说的是汽车备件,实际上这是我们的联络暗号。如果他说散热器,实际上指的就是战列舰;说油泵,指的就是巡洋舰,诸如此类等。

火花塞就是指海军信号。""正午的时候从朴次茅斯打来的,"秘书一边说一边看着姓名地址,"对了,你准备用什么奖赏他?"

"办成这件事将给他五百镑,当然他还有工资这样的基本收入。""贪婪之辈。他们这些卖国贼是有用处的。不过,这笔钱相当于杀人的赏钱,给了他,我心不甘。""给阿尔塔蒙,我什么都舍得,因为他很出色。用他自己的话说,只要钱多,无论如何他都能交货。此外,他不是卖国贼。我向你保证,和一个真正的爱尔兰血统的美国人比起来,我们最激烈的泛日尔曼容克贵族的爱国热情不过是一只幼鸽。"

"哦,是拥有爱尔兰血统的美国人?""你要是听他谈话,你就不会怀疑这一点了。有时我无法理解他,他似乎向英王的英国人宣战了,也向英国的国王宣战了。你一定要走吗?他可能随时到这儿来。"

"不等了,我已经晚了,我们明天清早等你来。等到你从约克公爵台阶的小门里取得那本信号簿,你在英国的工作就胜利结束了。哟!匈牙利葡萄酒!"他指着一个密封得非常严实、沾满灰尘的酒瓶,两只高脚酒杯放在酒瓶旁的托盘里。

"临走之前,请您喝一杯吧?""不了,谢谢。依我看您想要豪饮一次了。""阿尔塔蒙很爱喝酒,特别喜欢我的匈牙利葡萄酒。他性格火爆,在一些小事上需要顺着他一些,我保证我不得不提防他。"他们又走到外面台阶上。台阶的另一端,男爵的司机踩动了油门,那辆大轿车发出"隆隆"的声音并且颤动起来。"我想,这是哈里奇的灯火吧,"秘书说着披上了风雨衣。"一切都是如此平静,

最后的致意

可能一周内就会出现意外。那么,英国海岸可能就会不太平了。如果齐伯林答应我们的事成为事实,就连天堂也不会很太平了。咦,这是谁?"

一个窗口在他们身后透出灯光,屋里放着一盏灯,一个戴着乡村小帽、脸色红润的老年妇女坐在桌旁。她俯着身正在织东西,偶尔停下来,用手摸摸蹲在她身边凳子上的一只大黑猫。"这是玛莎,我留下的唯一的仆人。"秘书"咯咯"地笑。"她几乎是不列颠的化身,"他说,"专心致志,悠闲自得。好了,再见,冯·波克!"他摆摆手,钻进汽车。车头上的灯射出两道金色的光柱,穿透黑暗。秘书靠在轿车的后座上,脑子里充满了即将降临的欧洲范围内的悲剧,以至于当他的汽车在乡村小路左转右弯的时候,迎面开来了一辆小福特汽车,他都没有看到。

车灯的亮光消失在远处,这时冯·波克慢慢踱向书房,途中注意到老管家早已熄灯就寝了。他那占地很大的住宅里一片寂静。他知道,不仅他自己的家业大,而且家里的人都平安无恙。除了厨房里的老妇人在磨磨蹭蹭外,这些地方都由他一个人享受,想起这些,他感到十分惬意。书房里有许多东西需要整理,于是他动手干起来,直到他那俊美的脸被烧文件的火光烤得通红。桌旁放着一个旅行提包,他开始认真清理贵重物件,准备放进皮包。这时,他那灵敏的耳朵听到远处有汽车声。他满意地舒了一口气,将皮包上的皮带拴好,把保险柜门关上并锁好,然后急步走向外面的台阶。来到台阶上,正好看见小汽车的车灯越来越近。小汽车在门前停下,车上跳下一个人,快速向他奔来。司机是个上了年纪的花白胡子的结实硬

朗的老人，坐在那儿似乎准备值一整夜班似的。

"怎么样？"冯·波克一边迫切地问道，一边向来访的人迎上去。

来人得意洋洋地举起一个黄纸小包。"今晚你得犒劳我呀，先生，"他嚷道，"我毕竟是满载而归啦。""是信号吗？""就是我在电报里说的东西。样样都全，信号机，灯的暗码，马可尼式无线电报——不过，你听着，都不是原件，是复制的，否则太危险。不过，这是真货，你可以放心。"他笨手笨脚显得非常亲热地拍了拍德国人的肩膀，德国人躲开了这种亲热的表示。

"进来吧，"他说，"屋里只有我一个，我正在等这东西。复制品比原件好。如果丢了原件，他们会更换新式的。你认为它靠得住吗？"这个爱尔兰籍的美国人走进了书房，懒懒地坐在靠椅上。他是一个六十岁左右的人，又高又瘦，面貌清癯，留着一小撮山羊胡子，真像山姆大叔的漫画像。一支抽了一半、被唾沫浸湿了的雪茄烟叼在他嘴上。他坐下以后，划了一根火柴，把烟重新点燃。"你要搬走啦？"他一面说，一面打量四周，"喂，喂，先生，"保险柜前面的幕帘这时是拉开的，他看到了保险柜，"你就把文件放在这里面？"

"对呀。""唉，这么开放的玩意，他们会把你当成间谍的。嗐，一个美国强盗用一把开罐头的小刀就可以把它打开。如果我早知道我的来信都被放在这样一个不安全的地方，傻瓜才给你写信呢。"

"任何一个强盗对它都无计可施，"冯·波克回答说，"无论你用什么工具都对这种金属没有办法。"

"锁呢？"

"也不行,锁有两层。你想知道原因吗?""我可不知道。"美国人说。"你想把锁打开,首先你得知道两个密码。"他站起来,用手指着钥匙孔四周的双层圆盘,"外面一层是字母密码,里面一层是数字密码。""哦,哦,好极啦。""所以,并非你想象得那么简单。这是我四年前请人制造的。我选定了几个数字和一个字作为密码。"

"我不懂。""哦,我选定的字是'八月',数字是'1914'。你看这儿。"美国人露出惊异和赞叹的神色,"哦,太了不起了!你这玩艺可真高明。""是啊,当今能猜出日期的没有几个。现在你也知道了,但我明天早上就金盆洗手了。""那么,至少你也应该为我准备一下后路,我可不愿独自一个呆在这个国家里。我看,一个星期,也许不到一个星期,就要发生重大变故了,我倒不如隔岸观火。""可你是美国公民呀!"

"那又如何?杰克·詹姆斯也是美国人,但照样被关在波特兰的牢里。对英国警察来说美国公民顶个屁用!警察会说:'这里受英国法律和秩序管辖。'对了,说起杰克·詹姆斯来,先生,我觉得你并没有尽力保护好你手下的人。"

"你这是什么意思?"冯·波克严厉地问道。"嗯,你是他们的老板,对不对?你要确保他们成功,可是一旦他们失败,你什么时候挽救过他们呢?就说詹姆斯……""那是詹姆斯自己的过失,这你也知道。他干这一行太喜欢自以为是。""我承认詹姆斯是个笨蛋,但还有霍里斯。""他是个疯子。""噢,他到最后是有点糊里糊涂。他得无时无刻地对付那些想擒拿他的家伙,不发疯才怪呢。不过现

最后的致意

在是斯泰纳……"冯·波克愣住了,脸色由红变得苍白。

"他怎么啦?""哼,他们抓住他了,事情就这样。他们昨晚抄了他的铺子,连人带文件都进了朴次茅斯监狱。你拍拍屁股一走了事,他这个可怜虫可在大受折磨,如果能保住性命实属幸运。所以,你一过海,我也得走。"

虽然冯·波克自我控制能力较强,但显而易见,这消息还是令他十分震惊。"他们是怎么知道斯泰纳的呢?"他喃喃地说,"这个消息真糟透啦。""你差一点遇上更糟糕的事呢,我感到,他们要抓我的日子也不会远了。""不至于吧!""没错儿。我的房东太太弗雷顿受到过查问。我一得知此事,就知道自己得快点儿了,但先生,我想弄明白的是,警察是如何得知这些事的?自从我签字替你干事以来,斯泰纳是你损失的第五个人了。要是我不快点,那么第六个人是谁我就可以知道了。这,你怎么解释呢?眼看手下干将一个个落网,你不脸红吗?"冯·波克的脸涨得通红。

"你怎么敢这样说话?""我要是不敢作敢为,先生,我就不会在你手下做事了。不过,我把我心里想的事直截了当地告诉你吧。我听说,对你们德国政客来说,每当一名谍报人员完成使命后就一钱不值了,这对你们来说不会感到可惜。"冯·波克猛地站了起来。

"你胆敢说是我出卖了自己的情报人员!""我不是这个意思,先生,反正有一张大网,或是一个骗局。这还得你们自己去查清问题,反正我可不想把脑袋别在腰带上了。我这就要去荷兰,越快越好。"冯·波克控制住怒火。

195

"我们长期合作，不应该在这胜利时刻发生争吵。"他说，"你的工作成绩卓著，冒了很多风险，这一切，我不会忘记。想办法去荷兰吧，从鹿特丹再坐船去纽约。在下个星期内，别的航线都不安全。那东西由我拿着，同别的东西包在一起。"这美国人手里拿着小包，但并没有交给他的意思。"钱呢？"他问道。"什么？""现款，酬金，五百镑。那个枪手最后他妈的反悔了，我只好答应再给他一百镑清账，否则无论对你还是对我都十分不利。他在讹诈，不过这也是人之常情。给了他一百镑，事情就了结了。从头到尾，花了我两百镑。所以，不给钱我怎么会善罢甘休呢？"冯·波克苦笑一下。"看来，你对我的信誉评价并不高啊，"他说，"你是想让我先付钱、后取货吧。""唔，先生，做交易嘛。""好吧，照你说的办。"他坐到桌旁，从支票簿上撕下一张支票，在上面写了几笔，但是没有交给对方。"你我的关系弄到这种地步，阿尔塔蒙先生，"他说，"既然你不仁，我也没有理由再相信你了，知道吗？"他补上一句，转过头看看站在他身后的那位美国人，"支票在桌子上放着，在你拿钱之前，我应该检查一下你的东西。"

美国人一言不发地把纸包递了过去。冯·波克解开绳子，打开包在外面的两张纸，不由得暗自吃惊：出现在他面前的是一本蓝色小书，上面写着金色书名——《养蜂实用手册》。这间谍头子对这本与谍报相差万里的书刚瞪眼看了一会儿，他的后脖颈就被一只手死死卡住了，一块浸有氯仿的海绵盖住了他那扭歪了的脸。

"再来一杯，华生！"福尔摩斯举起一个帝国牌葡萄酒瓶说道。桌子旁边的那个结实的司机急不可耐地递过酒杯。"真是好酒，福尔

最后的致意

摩斯。""美酒,华生。刚才这位朋友曾经对我说过,这酒是从弗朗兹·约瑟夫在申布龙宫的专门酒窖里运来的。烦劳你把窗子打开,氯仿的气味妨碍我们的品尝。"

保险柜半开着。福尔摩斯站在柜前,取出一本一本的卷宗,逐一查看,然后有条有理地放进冯·波克的提包。那个德国间谍在沙发上躺着,鼾声如雷,胳膊上和双脚上各被一条皮带捆着。"不用慌,华生,没人打搅我们的。请你按铃,好吗?除了玛莎以外,这屋里没有其他人。玛莎真令人钦佩,我一开始接手这一案件,就把这里的情况告诉了她。啊,玛莎,一切顺利,你听了一定会高兴的。"满脸喜悦的老太太出现在过道上。她对福尔摩斯施了一个礼,笑了笑,但还是有些局促地瞥了瞥躺在沙发上的那个人。

"没什么,玛莎,他毫发无损。""那就好,福尔摩斯先生。他很有知识,倒是个和气的主人。他昨天曾要我跟他的妻子一起去德国,那样就配合不上您了,是吧,先生?""是的,玛莎。只要这里有你,我就放心了。我们今天晚上等你的信号等了很久。"

"那个秘书在这儿,先生。"

"我知道,他的车从我们的车旁驶过。"

"我原以为他不走了呢。你知道,先生,他在这儿,我就没法实施计划。""的确如此。我们差不多等了半个钟头,看见你屋里射出的灯光,就知道没有麻烦了。玛莎,你明天去伦敦,可以在克拉瑞治饭店向我报告。"

"好的,先生。""我想你要准备走了。""是的,先生。他今天共寄了七封信,我一一记下了地址。"

最后的致意

"谢谢,玛莎。我明天再仔细查看,晚安。这些文件,"当老太太走远了,福尔摩斯接着说,"不很重要,因为情报当然早已到了德国政府手里。这些原件根本无法送出这个国家。""那么说,这些文件是毫无用处了。"

"也不能这么说,华生。至少它还可以告诉我们的人什么已被别人得知,什么尚未知道。有许多类似的文件都是经过我的手送来的,不用说,一点也不可靠。能够看到一艘德国巡洋舰按照我提供的布雷区航行在索伦海上,将使我深感荣耀。而你,华生,"他放下手头的工作,拍着我的双肩,"我还没有看见你的真面目呢。这几年你过得怎么样?你看起来一如既往,像个愉快的孩子。"

"我觉得年轻了二十岁,福尔摩斯。当我收到你的电报,要我开车到哈里奇和你见面时,我是如此地欣喜若狂。而你,福尔摩斯——你也没有什么变化——除了山羊小胡子之外。"

"这是为了我们的国家应该做的,华生,"福尔摩斯说着捋一捋小胡子,"过了今天就只能成为回忆了。我理过发,修整修整外表,明天再度出现在克拉瑞治饭店的时候,毫无疑问会和以前的我一模一样——在我假扮美国人这一角色期间,我的英语好像变成美国式的了,请你原谅,华生。""可你已经退休了,福尔摩斯,我听说你在南部草原的一个小农场过着隐士般的生活,终日与蜜蜂为伍。""华生,是这样。这就是隐居的悠闲生活中的成就,也是我的这段生活!"他从桌上拿起那本《养蜂实用手册》说,"这是我一个人日夜操劳苦心经营取得的成果,我观察这些勤劳的蜂群,正像我曾经在一段时期内研究伦敦那满是罪犯的世界一样。""那么,你怎么又开始工作了呢?"

"啊,有时候,我自己也感到莫名其妙,如果单是外交大臣一个人还可以对付,但是首相也准备亲临寒舍。华生,躺在沙发上的这位先生在英国做了许多工作,他有一伙人,我们的许多事情失败后却找不到缘故。怀疑到一些谍报人员,甚至逮捕了一些,但是事实证明,有一支强大的秘密核心力量存在着。揭露他们是绝对必要的,强大的责任感使我感到必须出山亲查此事。这花了我两年时间,华生,但这两年不是毫无乐趣的。等我讲出下面的情况,你就明白情况何等复杂。我从芝加哥出发远游,加入了布法罗的一个爱尔兰秘密团体,给斯基巴伦的警察添了不少麻烦,最后得到冯·波克手下谍报人员的重视,他就推荐了我。从那时起,我得到了他们的信任。这样,他的大部分计划微妙地出了差错,他手下五名最精干的谍报人员都被送进了监狱。华生,我暗中窥视,时机成熟后就一个一个把他们送进监狱。唔,华生,但愿你一如既往!"

这最后一句话是说给冯·波克听的。他经过一阵喘息和眨眼之后,安静地躺着,在听福尔摩斯说话。现在他用德语谩骂吼叫,脸一直打战,而福尔摩斯在他谩骂时却在一旁快速地查看文件。

"德国话虽然缺少音乐感,但也是最富表达力的一种语言。"当冯·波克骂得精疲力竭停下来喘息时,福尔摩斯说道。"喂!喂!"他接着说,这时他的眼睛盯着他还没有放进箱子的一张临摹图的一

最后的致意

角,"还应该再抓一个,我不知道这位主任会计是个双面人,虽然我已长期监视过他。冯·波克先生,你有许多问题要回答呀。"德国人在沙发上挣扎着坐了起来,以一种惊讶和憎恨的复杂表情看着捕获他的人。

"阿尔塔蒙,我要跟你比试一番,"他郑重坚定地说,"即使用我一生的时间,我也要跟你较量一下。""这是你们的老调子啦,"福尔摩斯说,"我见多不怪了,这是已经死去的莫里亚蒂教授常伤心唱着的调子,塞巴斯蒂恩·莫兰上校是他的知音。然而,我还活着,并且还悠然自得地在南部草原养蜂。""我诅咒你,你这个下贱的卖国贼!"德国人嚷道,用力地拉扯他身上的皮带,狂怒的眼睛里充满杀气。

"不,不,你错了,"福尔摩斯笑着说,"让我告诉你,实际上芝加哥的阿尔塔蒙先生并无其人,不过我利用了他一下,现在他已不存在了。""那,你是谁?""我是谁并不重要。既然想知道,冯·波克先生,我告诉你,这不是我第一次和你们德国人打交道。我过去在德国做过大笔生意。我的名字,你也许并不陌生。""我倒愿意知道。"这个德国人冷漠地说。"当你的堂兄亨里希任帝国公使的时候,是我使艾琳·艾德勒和前波希米亚国王分居,也是我把你的舅舅格拉劳斯坦伯爵从虚无主义者克洛普曼的魔掌中拯救出来。我还……"

冯·波克惊愕起来。"原来都是你一个人干的?"他嚷道。"一点不错。"福尔摩斯说。冯·波克叹了口气倒在沙发上。"那些情报,大部分是你送来的,"他嚷道,"那就什么也不值了?瞧,我自掘坟

毁啦！永远毁啦！"

"当然靠不住，"福尔摩斯说，"因为它需要时间核对，而你却没有时间去做这件事情。你的海军上将可能会看见：我们的新式大炮比他料想得要大些，巡洋舰也可能稍微快些。"

冯·波克绝望至极，一把掐住自己的喉咙。"许多细节问题待时机成熟后自然会真相大白的。但是，冯·波克先生，你有一种其他德国人身上罕见的特性，那就是——你是位运动员。当你认识到你这位谋划者反被人谋算时，你对我并没有恶意。无论如何，你我各为自己的国家做了最大努力，还有什么比这更合乎常理呢？另外，"他的手一面搭在这位战败了的人的肩上，一面有点不客气地接着说，"这总比倒在某些卑鄙的敌人面前要好些。华生，文件已准备好了，如果你能帮我处理一下这个犯人，我想我们立即就可以动身去伦敦了。"

搬动冯·波克是一件很费力的事。他身强力壮，拼命反抗。最后，我们二人分别抓住他的两只胳膊，让他慢慢走到花园的小道上。几个时辰前，他曾无比自豪和野心勃勃地走过这条小路接受那位外交官的祝贺之辞。经过一阵竭力的挣扎，他仍然被捆住手脚，抬起来塞进了那辆小汽车的空座上。他那贵重的旅行提包也摆在他旁边。

"只要条件允许，会尽力让你更舒服一些。"一切安排妥当后，福尔摩斯说，"要是我给你一支点燃的雪茄烟，不应算做放肆无礼吧？"可对于这个怒气冲天的德国佬来说，一切都是徒劳的。

最后的致意

"歇洛克·福尔摩斯先生,我想你懂得,"他说,"你这样待我,假如出自政府的授意,那将是一种战争行为。""那么,你如何解释你的政府和这一切行为呢?"福尔摩斯说着,轻轻击打手提皮包。"你仅仅代表自己,你无权拘捕我,整个程序都是绝对非法的、粗暴的。""的确如此。"福尔摩斯说。"绑架德国公民。""并且窃取他的私人文件。""哼,你知道你和你的同谋正在干什么吗?到路过村子的时候,我就要呼救……"

"亲爱的先生,你要是真这样做,你就可能会成为一块招牌——'悬吊着的德国人'。英国人素有耐心,可是目前他们不太冷静,最好还是不要招惹他们。冯·波克先生,千万别胡来。你还是放聪明些,乖乖地跟我们到苏格兰场去。你可以在那儿差人去请你的朋友冯·赫林男爵,尽管如此,你会发现,他替你在使馆随员当中保留的空缺已经无法填补了。至于你,华生,还同我们一起干你的老行当吧,伦敦是缺少不了你的。来,我们在这台阶上站一会儿,这也许是我们最后一次不受干扰的交谈了。"我们亲切交谈了一阵,又一次重温了往昔的日子。这时,我们的俘虏想挣脱出来,结果是徒劳的。当我们走向汽车时,福尔摩斯指着身后月色下的大海,无限感慨地摇了摇头。

"要起东风了,华生。""我看不会,福尔摩斯,现在很暖和。""华生老兄!你真是多变时代中永恒的标志。会刮东风的,这种风在英国极不多见。它会冷得令人发颤,华生。这阵风刮来,我们好多人可能随之凋零,但这仍旧是上帝的风。风暴过后,一切更加灿烂、美丽，神圣的祖国将在明媚的阳光下巍然屹立。华生，开车，我们该走了。我还要去兑现一张五百镑的支票，因为开票人要是有停付的机会，一定会这么干的。"